Léa RALE

Léa Rale a grandi et vécu à Tours jusqu'à ses 20 ans. Elle a emménagé dans la capitale en septembre 2018 pour finir ses études. Elle devrait être diplômée du MBA Digital Business et Marketing de l'EFAP Paris en novembre 2021. Elle est à ce jour déjà employée chez Score DDB, agence de publicité dans laquelle elle a effectué son année de MBA en alternance. Ayant une appétence pour l'écriture depuis enfant, elle a décidé, pour son mémoire de fin d'études, d'écrire un roman. 2198 est donc son premier roman.

Léa RALE

2198

© 2021, Léa Rale
Édition : BoD – Books on Demand,
12/14 rond-point des Champs-Élysées, 75008 Paris
Impression : BoD - Books on Demand,
Norderstedt, Allemagne
ISBN : 9782322400553
Dépôt légal : Novembre 2021

*C'est le temps que tu as perdu pour ta rose
qui fait ta rose si importante.*
Antoine de Saint-Exupéry, Le Petit Prince

Préambule

« Pour valider votre année, vous devrez écrire une thèse ». Une thèse, le mot fait peur. On pense tout de suite aux doctorants qui passent des mois parfois même des années à travailler sur leur thèse : LE sujet de leur vie. L'exercice est ici, bien moins méchant, il ne suffit que d'une centaine de pages qui répond à des règles dictées par un document fourni par l'école. « Que d'une centaine de pages », ça va, diraient certains. Enfin, en prenant en compte le fait que chacune des personnes de la promotion travaille pour une entreprise. Et, certainement bien plus que les trente-cinq heures réglementaires que stipule le contrat de professionnalisation. On ne parlera pas ici des autres dossiers, articles et certifications que l'on doit passer également pour valider notre année. Sans évoquer qu'en plus de tout ça, on a parfois tendance à l'oublier mais chacun a une vie. Cette vie peut être géniale pour certains mais pour d'autres un peu moins, avec peut-être même des problèmes dont on ne soupçonnerait pas l'existence. Alors une centaine de page, c'est bien suffisant.

Nous devons donc écrire une thèse, qui ressemble finalement davantage à un mémoire. Et pour ma part, à un roman. Un roman, j'entends d'ici les ricanements hostiles de personnes jalouses et malveillantes, « bien prétentieux », diraient-ils. Cependant, c'est bien la vérité. Ce mémoire est un roman, les pages que vous allez découvrir forment belle et bien une histoire avec des chapitres, des personnages et des rebondissements.

La question est pourquoi ? Nous sommes bien au MBA DMB, pour définir l'acronyme de ces trois dernières lettres : Digital Marketing et Business, pas en littérature à la Sorbonne. Il faut voir cela sous un autre angle, il faut le voir de mon point de vue. Rédiger une thèse : mouais, rédiger une thèse sur un sujet qui me passionne : ok, faire de cette thèse un roman, chose que j'adore, sur un sujet qui me passionne : alors là, c'est un grand oui !

Lire et écrire sont des passions depuis toute petite. Des petites histoires quand j'étais en CP (je me souviens encore du protège-cahier jaune qui recouvrait le carnet), un roman d'aventures avec une petite fille à la recherche d'un trésor polaire (je n'invente rien, j'ai toujours le manuscrit dans ma chambre chez ma mère, si ça intéresse quelqu'un ?), des fictions sur les One Direction pour les pages Facebook desquelles j'étais admin (histoire vraie, j'ai vraiment été une « Directionner ») et puis plus tard d'autres bouts de roman que je n'ai jamais fini de rédiger (ils doivent être perdus dans les dossiers de mon ancien ordinateur qui n'a pas été allumé depuis des années). Ma maman, Virginie Malard, pour ne pas la citer, a écrit un roman « Le miroir des yeux ». C'est de famille apparemment, et forcément en la voyant réaliser ce que je n'avais jamais fait jusqu'à présent, j'ai voulu faire de même. Cette thèse c'est l'aboutissement de plusieurs années à écrire, pour sortir aujourd'hui mon premier roman.

Mon sujet s'apparentait parfaitement à l'écriture d'un roman. L'utopie a été de courte durée car cela a été plus dur que prévu. Il fallait tout d'abord trouver une histoire, quelque chose d'intéressant qui valait la peine d'être raconté et qui amenait des rebondissements. Avec tout le respect que j'ai pour Zola et autres auteurs du XIXème siècle, mon but n'était pas ici de décrire une pièce pendant des dizaines de pages. Enfin, il fallait que je rattache tout ça à mon sujet et y ajouter un peu de digital. Je n'allais pas prendre le risque d'être hors-sujet donc de ne pas valider mon année et plus globalement mon bac+5 et de faire de ce roman l'échec de ma vie. J'ai commencé à écrire quelques phrases puis j'ai changé d'histoire, j'ai continué d'écrire et de nouveaux rebondissements me sont venus en tête pour faire de ce roman ce qu'il est aujourd'hui. Éternelle insatisfaite, relire mon roman n'a pas été chose facile. J'ai eu envie de modifier des phrases, des chapitres et même de réécrire toute une partie de l'histoire. Malheureusement pour mon perfectionnisme, la date de rendu approchait à grand pas et je ne pouvais pas reculer. Le plus compliqué a également été de trouver le temps, le temps de poser les milles idées que j'avais, sur papier. J'ai fini par le trouver, au fond, avais-je vraiment le choix ? Puis avec le recul, écrire ce roman m'a tout de même procuré un certain plaisir.

Venons-en maintenant au sujet. Il m'en fallait bien un et il était impératif qu'il touche de près ou de loin au digital. J'ai donc choisi les livres. Je sens votre air dubitatif et vos sourcils se froncer, mais je vous assure que le sujet de ce roman est bien les livres. Finissons-en avec les énigmes, je m'explique.

Nous sommes dans une société où le monde évolue en permanence, de nouvelles technologies apparaissent tous les jours, d'anciennes s'améliorent et d'autres disparaissent. Sans cesse notre monde se renouvelle. Et pourtant depuis toujours les livres existent. Alors certes, eux aussi ont évolué tout comme la définition que l'on peut en donner. Pouvons-nous considérer les rouleaux de papyrus comme des livres ? C'est un débat, certains diront oui, d'autres non, mais cela nous importe peu. Ce qui nous intéresse c'est que d'une manière ou d'une autre ils sont présents depuis toujours. Pourtant comme je l'explicite plus haut, le monde évolue sans cesse. Les livres aussi ont évolué. Des gravures dans la pierre au papyrus, du codex jusqu'à l'impression du premier livre par Gutenberg entre 1452 et 1455, il y a eu des siècles et même des millénaires. Mais aujourd'hui, en 2021, les livres papier sont toujours là. Liseuses et livres audio ont fait leur apparition et sont, il est vrai, des évolutions des livres. Des évolutions oui mais des évolutions qui cohabitent toujours avec les livres papiers. Vous commencez à voir où je veux en venir, n'est-ce pas ?

Les liseuses et les livres audio pourraient-ils remplacer les livres ? D'autres technologies pas même encore inventées pourraient-elles les remplacer ? Les livres pourraient-ils disparaître ? C'est cette dernière question qui a nourri mon travail de roman. Est-ce que quelque chose qui est là depuis tellement de temps peut être remplacé par de la technologie ? N'y aurait-il pas toujours des personnes attachées aux livres papier ? Dans 200 ans, se pourraient-ils que personne ne se souviennent même de ce qu'est un livre papier ?

Toutes ses questions, Alma va se les poser. L'héroïne de ce livre ce n'est pas moi mais c'est bien Alma. Étudiante en quatrième année d'archéologie, très curieuse de nature, elle s'intéresse à beaucoup de choses et n'est jamais rassasiée de nouvelles connaissances. Son intérêt du moment se porte sur les livres mais il est difficile pour elle de trouver des informations. C'était sans compter sur l'aide précieuse de Juliana, une de ses voisines. Toutes les deux vont essayer d'en apprendre davantage sur les livres. Détail important, nous sommes en 2 198 et elles n'ont jamais vécu avec les livres papier.

1

2 198

- Alllllmaaaaa !

Alma leva les yeux au ciel. Elle venait tout juste de s'installer sur son lit et de lancer un épisode de sa série.

- Quoi, Charlotte ? répondit-elle exaspérée imaginant déjà ce que sa petite sœur allait lui demander.

Charlotte débarqua dans sa chambre un sourire malicieux aux lèvres. Son MaxPro diffusait dans sa chambre le début de l'épisode qu'elle avait dû mettre en pause. Elle regarda sa sœur qui était rentrée sans frapper, tout ce qu'elle détestait.

- Tu veux jouer avec moi ?
- Non je regarde ma série là.

Elle désigna l'image suspendue dans les airs.

- Allez s'teu plaît juste une course sur Race Master.

Un jeu de courses de voitures que Charlotte adorait. Pourtant le principe n'était pas très original. Le but était simplement de gagner la course contre d'autres voitures dirigées par des robots ou des joueurs ailleurs dans le monde. Et tout cela bien évidemment en réalité virtuelle pour plus de sensations.

- Non j'ai pas envie.
- T'es chiante. Mamaan Alma elle veut pas jouer avec moi ! hurla-t-elle à l'intention de leur mère en bas.

Cette dernière ne prit même pas la peine de répondre. Ses deux filles avaient 19 et 22 ans mais elle avait parfois l'impression qu'elles en avaient 7 et 10.

Charlotte finit par s'en aller et laisser sa sœur tranquille, bien qu'elle prît un malin plaisir à laisser la porte grande ouverte pour obliger cette dernière à se lever et à la fermer.

Elle ne comprenait pas que sa sœur puisse rester là dans sa chambre à ne rien faire. Elle, avait toujours besoin de bouger, de faire quelque chose. Regarder une série et rester allongé pendant des heures, très peu pour elle, il n'y avait pas plus ennuyeux. Elle était plutôt casse-cou alors karting, accrobranche, footing, elle préférait faire n'importe quoi d'autre tant que ça la faisait bouger. Alma était tout le contraire, solitaire et cérébrale, elle pouvait rester une journée entière à écouter des audiostes ou à regarder des films et des séries. Non seulement, elles n'avaient pas le même caractère mais elles ne se ressemblaient pas non plus physiquement. Charlotte était svelte, un corps de sportive, avait les cheveux longs et bouclés et un visage rond qui lui donnait l'air plus jeune que son âge. Alma bien qu'elle soit aussi mince que sa sœur, n'était pas musclée, avait un visage fin, la peau très pâle et des cheveux noirs de jais qui lui arrivaient aux épaules. Malgré leurs traits de caractère opposés et leurs nombreux différends, elles arrivaient à s'entendre et à cohabiter.

Une fois sa sœur partie, Alma appuya sur l'image pour reprendre le cours de sa série. Elle l'avait d'abord suivie en audioste. Les audiostes étaient des histoires racontées par un narrateur, les dialogues et pensées étaient faits par d'autres personnages, il y avait même des odeurs. Alma les adorait. Ils faisaient appel à son imagination et elle qui en débordait, aurait pu écouter un audioste trois fois et s'imaginer les personnages de trois manières différentes. Elle s'était donc déjà fait sa propre image de comment étaient les personnages, les scènes etc. Et il fallait dire qu'elle n'était pas vraiment d'accord avec le choix de casting de la série. Elle n'appréciait pas non plus le choix des réalisateurs de supprimer et ajouter certaines scènes qui n'avaient jamais été mentionnées dans les audiostes. Ce n'était pas la première fois qu'elle était déçue. Sa mère, elle aussi fan d'audiostes, lui avait simplement conseillé de ne pas regarder les adaptations en séries et films. Mais, Alma était curieuse et aimait voir comment d'autres personnes avaient interprété une même histoire. Cela lui permettait de comparer les points de vue et parfois de comprendre des choses qui lui avaient échappées.

- Alma ? l'appela sa mère plus tard dans la soirée.
- Oui ? cria-t-elle pour que cette dernière puisse l'entendre.

Sa mère ne répondit pas.

- Quoi ? cria-t-elle encore plus fort.

Elle ne répondit toujours pas alors elle se leva pour la rejoindre dans la cuisine.

- Oui maman ?
- Tu peux mettre la table ma puce, s'il te plaît ?
- Tu pouvais pas demander à Charlie, elle avait l'air de s'ennuyer.

Alma s'exécuta tout de même, elle avait passé l'âge de discuter avec sa mère ou sa sœur sur qui devait mettre la table.

- Je suis en train de regarder la série dont je te parlais que j'avais écoutée en audioste.
- Ah oui et alors ? Une nouvelle fois déçue j'imagine ?
- Bah oui, je comprends pas les acteurs étaient pas du tout décrit comme ça. L'image que je m'étais faite des personnages est complétement biaisée.
- Je t'avais dit que tu faisais une erreur en regardant la série, tu le sais en plus.
- Oui je sais mais parfois, Ok j'avoue c'est rare, mais parfois les adaptations sont bien faites.
- D'ailleurs, je voulais l'écouter l'audioste, tu l'as mis où ?
- Il est dans l'audiothèque sur l'étagère au fond à droite.
- Super parce que j'ai bientôt fini le mien et j'aimerais en commencer un autre.
- Et bien il est super mais regarde pas la série télé.
- Ça ne risque pas !

Charlotte et son père les rejoignirent pour dîner.

- Les filles vous n'avez pas oublié demain soir il y a le dîner avec les voisins, leur rappela leur mère.
- Oh non maman, on est obligé d'y aller ?
- Oui Alma, ça te fera sortir un peu.
- Je suis pas là demain soir, j'ai une soirée avec les gens de ma classe, rétorqua Charlotte.
- Ah oui c'est vrai tu m'avais prévenue !

Alma regarda sa mère avec de gros yeux plein d'incompréhension. Sa sœur avait le droit d'échapper à cette soirée mais pas elle. Sa mère haussa les épaules. Alma ne sortait jamais et elle considérait qu'elle avait besoin de voir un peu de monde. Une soirée n'était pas tant demander.

Après le dîner, Alma dans sa chambre, envoya un message vocal à Lucas, son voisin.

- Lucas, je t'en supplie dis-moi que tu seras là au dîner des voisins demain soir.

Il répondit presque dans la seconde.

- Non Alma je suis désolé, tu vas devoir faire sans moi. J'ai des examens le je vais chez un pote pour réviser.
- Noooon s'teu plait, viens au début au moins. Ma mère m'oblige à y aller.

Lucas l'appela, son hologramme apparu dans la chambre d'Alma.

- Hey ça va ?
- Non t'es pas cool, je vais faire comment sans toi demain, bouda-t-elle.
- Oh fais pas la tête, je t'assure que je préférerais être avec toi à la soirée que chez mon pote à réviser.

- C'est qui ton pote ?
- Un gars de ma classe, tu ne le connais pas vu que tu ne viens jamais quand je t'invite.
Alma lui lança une grimace.
- D'ailleurs, il fait une soirée le week-end prochain, tu pourrais venir, pour une fois.
- Tu sais que si tu continues je vais finir par raccrocher, répliqua-t-elle.
- Allez Alma, fais pas ta rabat-joie. On pourrait bien s'amuser.

Elle leva les yeux au ciel. Lucas était son meilleur ami depuis l'enfance. Ils vivaient dans le même lotissement privé depuis presque toujours. Ses parents avaient emménagé là quand elle avait quatre ans et ils n'avaient jamais déménagé depuis. Ils se connaissaient donc depuis toujours et avaient longtemps été inséparables. Puis le lycée était arrivé suivi des études supérieures, Lucas, contrairement à elle, s'était fait de nouveaux amis. Il faisait des études d'informatique, il était sur le même campus qu'Alma mais pas dans le même bâtiment. Lui allait souvent en cours en présentiel ce qui expliquait pourquoi il était plus facile pour lui de se faire des amis et de les garder. Et Alma ne pouvait pas lui en vouloir, d'autant qu'à chaque fois qu'il lui proposait des sorties et activités avec eux, elle refusait.

- D'accord, répondit-elle après un moment de réflexion.
- Sérieux ?

Il fut réellement surpris qu'elle accepte. Il la connaissait bien et aurait parié sur un non.

- Bon allez je te laisse, bisous.

Elle raccrocha. Elle allait regretter d'avoir dit oui et annulerait sûrement au dernier moment prétextant des maux de tête mais au moins ça lui avait cloué le bec.

2

Alma se réveilla en sursaut à 6h, elle avait complétement oublié de finir son travail sur l'archéologie et le devoir de mémoire. Elle avait ses idées mais ne les avaient pas encore enregistrées. Alma était en quatrième année d'études d'archéologie. Elle avait toujours été passionnée par l'histoire, qu'elle considérait comme l'essence même du savoir. L'archéologie était le moyen pour elle de participer à la compréhension du passé pour forger l'avenir et les connaissances futures. Comprendre comment elle était arrivée à vivre dans le monde dans lequel elle était aujourd'hui, l'évolution des civilisations par la découverte et l'analyse de vestiges. Ses parents n'avaient pas été étonnés de son choix de cursus.

Alma avait toujours été très curieuse, posait beaucoup de questions, elle voulait toujours en savoir plus, toujours chercher des explications au grand dam de sa famille qui n'en pouvait plus de l'entendre se questionner à longueur de temps. C'était pourtant une belle qualité qu'ils avaient souvent vantée auprès de leurs amis notamment lorsqu'elle était enfant mais depuis le lycée cela ne les amusait plus du tout. Peut-être surtout parce qu'avec l'âge ses questions devenaient de plus en plus pointues et qu'ils étaient incapables d'y répondre. Et quoi de plus agaçant que de ne jamais être assez instruit pour avoir la solution. Alma comprenant que ses parents ne pouvaient plus lui apporter ce qu'elle cherchait s'était tournée vers

Internet. Internet, quelle source d'informations incroyable. Elle pouvait passer des heures à aller de site en site à se perdre sur des questions plus ou moins décalées. Cela pouvait aller d'une simple recherche sur un animal jusqu'à la fabrication de l'horloge en passant par les secrets de l'Égypte antique. Personne ne comprenait trop comment elle pouvait passer des heures sans sortir de sa chambre à étudier des sujets qui ne lui serviraient sûrement jamais. Néanmoins, ses parents ne pouvaient pas vraiment l'empêcher de s'instruire. Il fallait dire que sa curiosité la dotait d'une culture générale bien plus importante que la moyenne. Ils avouaient que cela était plutôt agréable de parler avec une personne aussi instruite et cultivée.

Elle se leva pour se mettre à son bureau et reprendre ses notes. Il ne lui restait qu'une partie et la conclusion, si elle s'y mettait dès maintenant elle pourrait avoir fini à temps pour envoyer le fichier à son professeur à 8h, deadline pour le rendre. Elle descendit se préparer un café pour se donner du courage, elle aurait préféré se rendormir. Malheureusement, elle savait qu'elle aurait 0 si elle ne rendait pas ce devoir et ses parents l'obligeraient à aller plus en cours en présentiel. Et ça, elle ne le voulait certainement pas.

Remontée dans sa chambre avec sa grande tasse de café, elle s'assit à son bureau et compléta ses notes avant d'allumer le micro de son MaxPro. Le professeur avait été clair, le devoir devait faire entre 1h et 1h10 ni plus ni moins, s'ils ne voulaient pas perdre des points. Alma avait eu du mal à être inspirée avec ce sujet, elle préférait nettement l'ère du Mésozoïque, la préhistorique ou encore l'antiquité. Néanmoins, c'est comme si elle était née trop tard, beaucoup de mystères sur ses périodes avaient été résolus au milieu des années 2050 et peu d'archéologues travaillaient encore dessus. Le boom du réchauffement climatique avait permis de découvrir de nombreux vestiges datant de cette époque, ce qui avait été de très belles années pour les archéologues et historiens l'avaient moins été pour le reste du monde. C'est à cette période que les gouvernements du monde entier avaient commencé à mettre en place des mesures drastiques, qui les avaient menés à vivre dans le monde qu'elle connaissait. Son rêve aurait été de pouvoir vivre à différentes époques et de choisir celle qu'elle préférait. Des simulateurs en réalité virtuelle existait mais ils étaient réservés à ceux qui avaient des milliers de crédits à dépenser.

Alma finit son enregistrement à 7h50, après avoir passé la dernière demi-heure à se réécouter et à supprimer des parties. Elle avait repris deux cafés entre temps et était désormais parfaitement éveillée. Elle chargea le fichier en ½ seconde sur la plateforme partagée, le renomma et valida. Même si elle rêvait de vivre à une autre époque, Alma devait avouer que la technologie d'aujourd'hui était incroyable et facilitait vraiment la vie. Plus de dissertation de dix pages à se casser le poignet. Elle n'avait jamais connu cela mais l'avait lu sur Internet, drôle d'exercice que d'écrire dix pages alors qu'un enregistrement suffit. Elle pouvait couper, supprimer ou modifier des parties directement via l'écran en hologramme, plus besoin de passer sur des logiciels. Puis elle chargeait le fichier sur la plateforme du professeur en question et le tour était joué. Et cela grâce au MaxPro.

C'était l'invention du siècle, sans fausse modestie. Tout le monde, sans exception en possédait un, c'était comme ça. À la naissance, chaque enfant se voyait remettre un MaxPro. Il était le combo de toutes les technologies humainement possibles : ordinateur, téléphone, télévision, enregistreurs, carte bancaire, tout passait par ce petit appareil carré. Tout fonctionnait par hologramme, plus besoin de trimballer dix mille affaires dans un sac. Le MaxPro était la solution à tous vos problèmes.

Maintenant qu'elle était réveillée et plutôt heureuse de son travail, elle décida d'aller se préparer pour aller en cours. Cela faisait plusieurs fois qu'elle déclinait les propositions de Margaux de venir avec elle aux cours magistraux.

Alma considérait qu'elle n'avait pas besoin de beaucoup d'amis. Elle avait déjà Lucas et ça lui suffisait. Elle avait aussi sympathisé avec Margaux, une fille de sa classe mais elle ne la fréquentait pas en dehors des cours. Elles avaient été mises ensemble lors d'un TD au début d'année et elles s'étaient tout de suite bien entendu. Alma savait qu'elle pouvait compter sur elle si elle avait besoin de quoi que ce soit en cours et inversement. Elles étaient toutes deux des élèves sérieuses et passionnées, c'est ce qui les avait rapprochées.

Néanmoins, les cours magistraux en présentiel étant optionnels, les deux filles ne se voyaient que lors des TD et lorsqu'elles décidaient ensemble d'aller à l'université. Alma trouvait que les cours à distance était la meilleure invention du siècle passé, elle qui était solitaire et aimait être tranquille, elle n'était dérangée par personne. Elle se forçait à y aller tout de même de temps en temps, cela la faisait sortir un peu. Et surtout cela évitait les remarques désobligeantes de ses parents sur le fait qu'elle ne sortait jamais. Ce n'était pas complétement vrai en plus, elle sortait. Certes pas très loin de chez elle, mais elle sortait. Elle restait simplement dans le quartier.

- « Hey Max ! » demanda-t-elle à son MaxPro « Envoie un message à Margaux » : « On va en cours aujourd'hui ? Je passe te prendre ».
- « Message envoyé » répondit la voix robotique de l'objet.

Il était possible de changer la voix du MaxPro par n'importe quelle voix, celle de sa mère, de sa femme ou même de sa célébrité préférée. Alma avait préféré laisser la voix classique du MaxPro. Alma enfila un pantalon de soie bordeaux et un t-shirt en coton blanc. Elle descendit enfiler ses baskets et tomba sur sa sœur.

- Bah tu vas où comme ça ?
- Je vais en cours, t'as vu mes clés de voiture ?
- Elles doivent être dans le pot dans le tiroir. Mais prends la mienne, je suis garée

derrière toi et là tout de suite j'ai pas envie de sortir pour la bouger.

Alma soupira et leva les yeux au ciel. Sa sœur était hyperactive mais qu'est-ce qu'elle pouvait être flemmarde quand elle s'y mettait.

- Ça marche, à ce soir.

Alma n'allait pas se plaindre, sa sœur venait d'avoir le permis et ses parents lui avaient acheté la toute dernière voiture de sport à la mode, électrique, toutes options. Toutes Les voitures étaient toutes électriques. Même les parents d'Alma n'avaient pas connu les voitures à essence ou au diesel ou même les voitures hybrides.

Alma chantait dans la voiture, le son se coupa lorsqu'elle reçut un appel. Elle décrocha et l'hologramme de Margaux s'afficha sur le tableau de bord. Cette dernière finissait de se préparer.

- Salut ! Désolée je te réponds que maintenant, c'est trop tard pour que tu viennes me chercher ?
- Pas du tout t'inquiète, je suis chez toi dans 5 minutes.
- Top, à toute !

La musique se remit automatiquement. Margaux habitait dans un immeuble aux abords de la ville, Alma passait devant pour aller à la fac alors elle lui proposait souvent de l'y emmener. Du moins, quand elle y allait. Cela évitait à Margaux de prendre l'express, train qui fonctionnait par impulsion aimanté et qui permettait aux habitants de la périphérie de se déplacer jusqu'au centre-ville.

Alma n'habitait pas très loin de la ville mais l'express n'allait pas jusque chez elle. Elle se gara en double-file devant l'immeuble. Il était impressionnant, tous les six étages se trouvait un parc pour se promener et réguler les dépenses en CO_2 de l'immeuble. Margaux habitait au 12ème étage, Alma avait eu l'occasion d'aller chez elle une fois pour manger et il fallait avouer que la vue était à couper le souffle.

- Hey ! Ça va ? dit Margaux en entrant dans la voiture.
- Salut ! Ça va et toi ?

Alma était toujours impressionnée de la fraîcheur que dégageait son amie. Margaux était une belle rousse, ses cheveux lui arrivaient à la poitrine et des taches de rousseur s'étendaient sur son nez et ses joues. Elle ne se maquillait quasiment pas et avait la peau aussi intacte que celle d'un bébé, jamais de boutons ou de rougeurs. Alma en était parfois un peu jalouse

- Oui, ça me fait plaisir que tu aies décidé de venir aujourd'hui, je vais enfin ne pas être toute seule !
- C'est vrai je suis désolée de t'avoir abandonné tant de fois mais tu sais que les cours en présentiel ne sont pas vraiment fait pour moi.
- Oui je sais. Tu as rendu le devoir de Monsieur Maret ?
- Non mais attends tu sais que j'ai failli oublier ? Ce matin, je me suis réveillée 6h en sursaut en y repensant.

Elles se mirent à rire. Parfois Alma se disait qu'elle pourrait sortir davantage et proposer à Margaux de se voir en dehors des cours mais dès qu'elle rentrait chez elle, elle n'avait plus du tout envie de sociabiliser.

Leur premier cours était justement avec Monsieur Maret qui ne s'est pas privé d'exposer le nom de tous les élèves qui n'avaient pas rendu leur devoir le matin-même. Alma n'aurait plus jamais remis les pieds en présentiel si on avait exposé son nom de la sorte. Ceux qui ne l'avaient pas rendu verraient la mention « devoir non rendu » sur leur fiche de fin de semestre. Rien de bien méchant dis comme ça, pourtant cette mention était la pire qui puisse exister sur le bulletin, même un 0 était plus acceptable. Trois devoirs non rendus dans l'année et vous étiez viré. Bon courage pour retrouver une école qui vous accepte après ça.

À midi, les filles décidèrent d'aller manger au « Veggie Team », restaurant végétarien qui se trouvait sur le campus. Elles le traversèrent pour rejoindre la partie sud là où se trouvait les restaurants et les cafés. Le campus de la ville regroupait toutes les écoles, universités de la ville, qu'importent vos études vous finissiez toujours sur le campus. Il était énorme et contenait tout ce dont les étudiants avaient besoin. Il fallait avouer que c'était vraiment pratique, cela évitait aux étudiants de perdre du temps à retourner en centre-ville pour trouver quelque chose à manger. Il y avait des jours comme celui-là où Alma regrettait véritablement de ne pas venir plus souvent. Le campus était vraiment beau à cette époque, les arbres étaient fleuris, l'herbe bien verte avait été tondue dans le week-end, des étudiants pique-niquaient, d'autres révisaient/ Les campus étaient devenus depuis quelques années de véritables lieux de vie où la verdure était primordiale. Alma avait déjà vu des photos de campus au début des années 2000 où ces derniers se résumaient à des bâtiments de béton.

Arrivées au restaurant, elles s'installèrent à la dernière table de libre dehors. Alma vit au loin la déception dans les yeux de deux autres étudiantes qui devaient convoiter cette table. C'était la loi du premier arrivé, premier servi donc tant pis pour elles, elles pourraient toujours manger sur la pelouse. Cela faisait un moment qu'elles n'étaient pas venues, le restaurant était vraiment sympa, il n'y avait malheureusement que très peu de tables. Elles prirent les tablettes qui se trouvaient dans leur petit casier sous la table pour consulter le menu.

- Tu vas prendre quoi ? demanda Alma
- J'ai super faim alors je crois que je vais partir sur le burger n°3 avec des frites de patates douces.
- Je vais te suivre, il me fait bien envie aussi !

Tandis qu'elles parlaient, elles validèrent leur menu sur la tablette, les informations furent directement envoyées en cuisine. Une dizaine de minute plus tard, le serveur arriva avec leur commande.

- Bon appétit, dit-il en se retirant à l'intérieur du restaurant.
- Merci, répondirent-elles en chœur.

Après déjeuner, Alma et Margaux allèrent profiter de leur dernier quart d'heure pour boire un café dans l'herbe du campus. Ici, les publicités étaient interdites tout comme dans tous les espaces verts. La ville était envahie d'affichage hologramme de toute part mais pas les parcs et jardins et heureusement. Leur cours de l'après-midi portait sur les lois et autorisation de fouilles, un long cours de quatre heures qu'Alma aurait préféré suivre à distance. Elle repensa à la soirée des voisins le soir-même et soupira intérieurement. Rien que d'aller sur le campus aujourd'hui avait épuisé ses batteries de sociabilité.

Elle déposa Margaux chez elle avant de rentrer, elles se promirent de se voir plus souvent. Quinze minutes plus tard, elle était enfin chez elle, son père était déjà là.

- Et salut toi !
- Coucou papa, ça va ?
- Je ne savais pas que tu allais sur le campus aujourd'hui.
- Je me suis décidée ce matin, ce n'était pas prévu. A quelle heure est la soirée ?
- 19h30, tu as 1h pour te préparer et ~~pour~~ faire une salade de riz, ta mère n'a pas eu le temps de la faire.
- Roh papa, tu pouvais pas la faire, tu finissais plus tôt que moi !
- Eh je viens juste de rentrer moi aussi.

3

20h, les derniers invités arrivaient. La soirée se tenait dehors dans le jardin avant des Escardier, une des familles les plus anciennes de la résidence. Cette dernière était composée de douze maisons, espacées les unes des autres par de grands jardins, remplis d'arbres. Depuis la loi Eden de 2071, le gouvernement imposait un taux d'arbres par mètre carré. Cela avait permis de réduire considérablement le taux de CO_2 rejeté et de ralentir le réchauffement climatique qui avait déjà fait pas mal de dégâts. D'un côté, les maisons donnaient sur une petite rivière derrière laquelle se trouvait le green d'un golf. Et de l'autre, il y avait une petite forêt.

Les soirées entre voisins se tenaient toujours chez eux. Tout le monde était là, sauf sa sœur et Lucas, les deux seules personnes de son âge. Les autres familles avaient soit des enfants plus âgés qui avaient leur propre vie, soit beaucoup plus jeunes, certains qu'Alma avaient d'ailleurs gardé quelque fois lorsqu'elle était au lycée. C'était sa sœur qui avait désormais pris le relais.

Alma restait en retrait près du buffet à siroter une bière et grignoter des chips. Elle regardait tous les parents rire et discuter, elle n'avait aucune envie de se mêler à eux. C'était sans compter sur sa mère qui s'approcha d'elle avec la mère de Lucas. À choisir, Alma se dit qu'il valait mieux qu'elle parle avec elles qu'avec toutes les autres personnes présentes. Elles discutèrent toutes les trois pendant un petit moment puis d'autres convives les rejoignirent. Alma arrêta donc de parler, elle était timide et discuter avec autant d'adultes la rendait anxieuse. Elle avait l'impression d'être invisible à leurs yeux, petit à petit elle s'éloigna du groupe. Monsieur Escardier qui s'était faufilé à côté d'elle lui donna un petit coup de coude.

- Ça va ? lui lança-t-il gentiment.
- Oui ça va merci, je suis juste un peu fatiguée.
- Tu avais cours aujourd'hui ?
- Oui je suis allée sur le campus.
- Ça devait être sympa de voir tes camarades non ?
- Oui si on veut.

Ils rigolèrent, Monsieur Escardier était une personne assez réservée comparé à sa femme beaucoup plus extravagante et comprenait totalement Alma. Son ainée l'avait gardé lorsqu'elle était plus jeune, ils se connaissaient donc bien.

- Quelles sont tes nouvelles passions ? Toi qui est curieuse et qui aime tout savoir.
- Et bien figurez-vous qu'en ce moment je m'intéresse aux livres. En faisant un devoir, je suis tombée sur des photos d'une bibliothèque et j'ai trouvé,
- Ah non ça suffit Alma, la coupa sa mère qui passait à côté, tu ne vas pas embêter Jacques avec tes histoires !

Elle prit Jacques par le bras en s'excusant pour sa fille et s'éloigna avec lui pour se resservir un verre. Jacques lança un regard désolé à Alma, elle lui fit un faible sourire. Elle aimait bien discuter avec lui, sa mère la forçait à venir et lorsqu'elle sociabilisait, elle lui coupait l'herbe sous le pied. Alma se sentait humiliée.

Une femme brune en robe noire et talons aiguilles s'approcha d'elle. Juliana Mer. Elle habitait seule dans la plus grosse maison de la résidence au bout du quartier. C'était la seule personne vivant seule, la résidence était plutôt familiale. Juliana avait fait construire sa maison peu après que ses parents eurent emménagé. Elle la croisait de temps en temps mais elle ne lui avait jamais parlé.

- Salut !
- Bonjour... dit-elle d'un air interrogatif.

Pourquoi Juliana lui parlait-elle ? C'était une femme magnifique avec de beaux cheveux noir brillant coupés au carré. Alma avait remarqué au début de la soirée que beaucoup d'hommes l'avaient regardé. Juliana n'en avait regardé aucun, elle n'avait pas l'attitude de quelqu'un qui voulait être remarqué bien qu'elle portait une robe moulante en satin noir et des talons. Une tenue qu'Alma trouvait plutôt décalée pour une soirée entre voisins. Juliana imposait son charme malgré elle.

- J'ai entendu ta conversation avec Monsieur Escadrier.

Elle marqua une pause, Alma ne dit rien, attendant qu'elle poursuive.

- Alors comme ça tu t'intéresses aux livres ?
- Je ne suis pas sûre que ça vous intéresse, ma mère l'a très bien fait comprendre.

- Détrompe-toi Alma, ça m'intéresse beaucoup plus que tu ne le penses.

4.

Alma n'arrivait pas à dormir, elle repensait à sa conversation avec Juliana. Elles avaient beaucoup discuté. Juliana était la personne la plus intéressante et intrigante qu'elle n'avait jamais rencontrée. Cette conversation l'avait perturbée, elle aurait voulu la poursuivre toute la nuit. Juliana lui avait proposé de passer chez elle le lendemain à 10h pour qu'elles puissent continuer de parler et surtout elle avait quelque chose à lui montrer. Elle était tellement impatiente qu'elle aurait voulu y aller dès maintenant mais il était 3h du matin, une heure très peu raisonnable pour rendre visite à sa voisine.

Alma finit par s'endormir vers 5h du matin, à peine trois heures plus tard elle se réveillait, son sommeil avait été de courte durée. Elle fixait le plafond de sa chambre. Des traces de pâte à fixe persistait sur ce dernier, à la place où étant petite, elle avait collé des étoiles phosphorescentes. Au-dessus d'elle se trouvait sa fenêtre qui donnait sur la rue. Combien de fois était-elle restée prostrée devant cette dernière observant les passants, les arbres ou les oiseaux ? Elle ouvrit ses volets électriques, elle n'avait jamais remarqué qu'elle apercevait un bout de la maison de Juliana qui se trouvait plus haut que toutes les autres. Pendant un court instant Alma se demanda si elle n'avait pas rêvé, après tout Juliana lui avait dit des choses totalement improbables. Peut-être s'était-elle jouée

34

d'elle et de sa naïveté pour lui apprendre à être moins curieuse ? Une boule se forma dans son estomac. Plus elle y pensait, plus elle en était convaincue, Juliana s'était fichue d'elle. Une colère monta en elle, elle ne pouvait pas attendre plus longtemps, il fallait qu'elle se rende chez elle. Elle enfila donc la même tenue qu'elle avait mise en cours la veille et descendit rapidement les marches en béton, referma doucement la porte derrière elle pour ne réveiller personne. À grandes enjambées, elle se rendit chez Juliana.

Une fois devant l'allée de gravier qui montait, elle s'arrêta reprendre son souffle. « Juliana Mer » était inscrit sur une plaque de métal sur la boîte aux lettres noir mat. Les volets étaient encore fermés. Alma eu une seconde d'hésitation, elle ressemblait à une folle décoiffée et débraillée à sonner chez les gens à 8h du matin mais maintenant qu'elle était là, elle n'allait pas se dégonfler.

Elle gravit l'allée et sonna à l'immense porte d'entrée. Alma ne pouvait contredire personne sur le fait que Juliana avait la plus belle maison du quartier, de mémoire elle ne se souvenait pas que qui que ce soit ait déjà été invité à entrer. A peine trois secondes après avoir sonnée, Juliana lui ouvrit, ce qui la fit sursauter, à croire qu'elle l'attendait derrière la porte. À sa grande surprise, elle était déjà coiffée, maquillée et habillée d'un pantalon bleu électrique et d'une chemise blanche, toujours chaussée de talons de 10 centimètres. Alma l'admirait pour ça, elle aurait aimé être capable d'en faire autant. Alma ne sut quoi dire,

Juliana était radieuse contrairement à elle qui ne ressemblait pas à grand-chose avec ses trois heures de sommeil.

- Je t'en prie entre, lui dit-elle.

Elle n'avait fait aucune réflexion sur le fait qu'elle était en avance et qu'il n'était pas correct de se pointer à une heure pareille. Elle la suivit à travers le hall jusque dans la pièce de vie composée d'une cuisine ouverte, d'un salon et d'une salle à manger. Il n'y avait que des baies vitrées, certaines offraient une vue imprenable sur le golf. La maison était immense et décorée avec beaucoup de goût. Les objets de décoration étaient disposés là où il fallait, il n'y en avait ni trop ni pas assez. Une autre chose qui frappa Alma était la propreté de la maison, rien ne traînait, même pas une tasse de café. Tout était propre et rangé. La maison aurait pu faire des couvertures de magazines de décoration. Juliana montra un tabouret haut qui donnait sur le bar de la cuisine. Le bar en marbre blanc était impeccable.

- Je peux te servir quelque chose ? Café ? Thé ?
- Pourquoi vous m'avez menti ?

Juliana se retourna et la dévisagea. Alma était restée debout les bras croisés prête à la confronter.

- Je te demande pardon ?
- Tout ce que vous m'avez dit hier ? Comme quoi il y a toujours des livres, que ça vous avait intéressé, que vous aviez fait des recherches là-dessus. Pourquoi avoir inventé des mensonges pareils ? C'était

pour me punir de me montrer trop curieuse, c'est ça ? Parce que je suis jeune et que ça vous amuse de donner des leçons à des filles comme moi ?

Un silence s'installa, Alma était rouge et essoufflée d'avoir déblatéré tout son discours. Elle fixait Juliana qui affichait une expression neutre. Elle venait de l'accuser d'être une menteuse dans sa propre maison où elle l'avait gentiment invité mais cette dernière n'avait même pas haussé un sourcil.

- Suis-moi, lui répondit-elle après de nombreuses secondes qui avaient paru être une éternité.

Juliana lui passa devant et se dirigea vers l'entrée. Alma crut qu'elle allait la mettre à la porte mais cette dernière tourna dans le couloir qui se trouvait derrière la cuisine. Alma ne l'avait même pas remarqué en entrant. Au bout du couloir se trouvait une porte. Elle lui fit signe d'attendre là, elle pénétra dans la pièce en refermant derrière elle. Alma se demanda si ce n'était pas le moment de partir en courant, elle avait trop honte. Elle entendit des bruits de meuble qu'on bougeait, de mécanisme, rien de tout cela ne lui inspirait confiance. Juliana n'allait quand même pas lui faire du mal. Elle réfléchit à toute allure, après tout, personne ne connaissait bien Juliana. Elle était aimable avec tout le monde, s'était bien intégrée dans le quartier mais personne ne faisait partie de ses amis proches. Avait-elle déjà eu de la visite ? Alma n'en était pas sûre. Une femme vivant seule sans compagnon, ami, enfant, animaux dans une résidence familiale ? C'était peut-être bizarre finalement ? Peut-être faisait-elle partie d'une secte et elle allait l'enlever. Alma se fit 1001 films en trente secondes, elle commença à tourner les talons quand Juliana ouvrit la porte. C'était trop tard pour fuir.

5

- Que fais-tu ? intervint Juliana en voyant Alma qui faisait demi-tour.

Prise sur le fait, elle commença à bégayer.

- C'est toi qui m'as posé des questions, dit-elle calmement. Tu peux soit venir découvrir la vérité, soit partir et ne jamais savoir.

Juliana savait quel mot employer pour faire craquer Alma, elle, qui était une curieuse invétérée, ne pas savoir n'était pas une option envisageable pour elle.

- Mes parents savent que je suis ici, répondit-elle comme si cela allait changer quoi que ce soit à la situation.

Juliana ne releva pas et ouvrit la voie. Derrière la porte se trouvait un placard de quelques mètres carrés composé d'étagères en métal noir. Ces dernières comportaient des boîtes en cartons, de gros classeurs colorés. Tout ici était plus que banal, un simple placard de rangement. La seule chose qui dénotait était le trou dans le sol au fond à droite derrière une étagère. D'après les bruits entendus, Juliana avait dû décaler une des étagères pour ouvrir cette trappe. Celle-ci menait à un endroit qu'elle appréhendait de découvrir. Elle emboîta le pas à Juliana qui n'avait allumé aucune lumière, seule l'ampoule du placard du rez-de-chaussée éclairait faiblement l'escalier en colimaçon qui tremblait sous le poids des deux jeunes femmes. Arrivée en bas, Alma essayait tant bien que mal de trouver des repères, de comprendre dans quoi elle était tombée. Elle entendit un clic et un grésillement et petit à petit un couloir s'éclaira. Le sol était pavé. Les carreaux étaient esthétiquement apposés pour former tous les mètres une frise composée de demi-carreaux qui formait un motif. Les murs étaient faits en colombage. Elle fut étonnée qu'autant d'années après, certains avaient choisi de conserver cette méthode. Le couloir était plutôt joli pour une couleur de sous-sol. Juliana avait, même pour cet endroit, eu le don de le rendre attractif et beau. Seulement un côté du couloir était accommodé d'une porte, enfin de deux, Alma semblait en apercevoir une deuxième plus loin. Juliana s'avança vers la première porte, elle était blindée, ce qui dénotait fortement avec le reste du couloir qui, si on oubliait qu'il était dans un sous-sol caché, était charmant. Alma savait qu'une fois la porte franchit il n'y aurait plus de retour en arrière possible, sous terre et derrière une porte blindée, s'il lui arrivait quelque chose personne ne l'entendrait jamais. Tandis qu'elle observait ce long couloir, Juliana entra un code ainsi que son empreinte déclenchant l'ouverture de la lourde porte. Que cachait-elle là-dedans qui méritait autant de sécurité ? Alma la suivit alors dans une pièce qu'elle n'oublierait jamais.

La porte claqua derrière elles et elle ne put retenir un hoquet de surprise, elle ne savait pas si cela était dû au bruit ou à la merveille qui se tenait sous ses yeux. Elle n'avait jamais vu dans toute sa vie une pièce aussi magnifique.

- Bienvenue à la bibliothèque, lança Juliana.

Alma ne lui répondit pas, elle était émerveillée, des livres, des milliers de livres s'étendaient devant elle. La pièce était haute d'environ trois mètres cinquante et sur chaque mur des étagères arrivaient presque au plafond sommet. Au milieu de la salle se trouvait une énorme table de bois massif assortie de fauteuils en velours vert, hormis cette table et les livres il n'y avait rien d'autre. Des échelles avaient été installées pour pouvoir atteindre les rangées de livres des étages supérieurs. Les étagères en chêne foncé étaient rehaussées d'arabesques sculptées, ce qui intensifiait leur démesure. Les livres qui en étaient la pièce maîtresse étaient mis en valeur par des spots accrochés directement à celles-ci. Au plafond, deux gros lustres éclairaient la pièce.

Alma s'approcha de l'une des étagères et tendit sa main pour attraper un livre. Elle se stoppa net, repensant tout à coup qu'elle n'était pas seule et surtout, qu'elle n'était pas chez elle. Elle regarda alors Juliana qui lui fit un signe de la tête lui donnant l'autorisation de toucher. Alma prit alors un livre au hasard, l'ouvrit, toucha les pages de papier recyclé qui composait le livre, elle le feuilleta, le sentit, une odeur de vieux et de renfermé s'en échappait. Elle n'avait jamais ressenti une telle sensation. Autant de mots sur une page que vous deviez lire tout seul dans votre tête ou bien à voix haute. Cela lui semblait irréel, impensable. Être ici lui procurait le même sentiment que lorsque des archéologues retrouvait des vestiges pendant une fouille. Alma reposa le livre. Elle fit courir ses doigts le long de l'étagère. Elle était émerveillée. Les livres, au toucher, étaient si différents les uns des autres. Certains étaient lisses, d'autres avaient des imperfections, certains étaient doux, d'autres plus durs. Cela lui changeait des audiostes qu'elle écoutait, tout était numérique, il n'y avait aucune sensation de toucher. Il lui fallut plusieurs minutes pour qu'elle sorte de ses rêveries.

- Vous n'aviez pas menti, s'exclama-t-elle enfin.

Juliana fit un signe de tête.

- Il y a exactement 1051 livres ici.
- Waouh ! souffla-t-elle.
- Ce n'est franchement rien comparé à ce que nous avions avant tu sais.
- Vous avez connu cette époque ?
- Non malheureusement, je ne fais qu'essayer de préserver des joyaux de notre culture.
- Mais, mais…

Alma bégayait. Tout se bousculait dans sa tête, jamais dans sa vie elle n'aurait imaginé vivre ce moment. Pour une personne curieuse et qui plus est une archéologue en devenir, découvrir un trésor tel que celui-ci était inestimable.

- J'ai tellement de questions, avoua-t-elle.

La sonnette de la porte d'entrée retentit. Juliana avait fait mettre des haut-parleurs et un interphone pour surveiller les visiteurs. Dans le cas contraire, elle n'entendrait rien si bas sous terre. Elle n'attendait personne hormis Alma. Et rare étaient ceux qui lui rendait des visites impromptues.

- Il faut qu'on remonte, la pressa-t-elle.

- Mais vous aviez dit qu'on en parlerait.
- Pas tout de suite Alma. Il y a quelqu'un, nous devons remonter.

Alma ne protesta pas plus et remonta devant Juliana qui s'assurait que chaque porte était bien verrouillée. Elle avait l'air bien pressée. Une fois la porte du placard fermée, Alma se dirigea vers l'entrée.

- Alma, tu voudrais bien partir par l'autre porte, s'il te plaît. Je dois m'occuper de mon visiteur. On pourra se voir plus tard si tu veux bien. Tiens suis-moi.

Elle l'emmena dans la cuisine, ouvrit un des tiroirs et lui tendit sa carte. Elle poussa vers elle un bout de papier pour qu'elle indique son numéro. A peine, Alma avait-elle posé le stylo que Juliana la guida vers une porte vitrée latérale.

- Appelle-moi.

Elle poussa gentiment Alma dehors mais l'interpolla avant que celle-ci ne s'éloigne trop,

- Je pense que tu t'en doutes mais ne parle à personne de tout ça, d'accord.
- Oui bien sûr.

Alma s'éloigna en faisant le tour du jardin. Elle ne comprenait rien à ce qu'il venait de se passer. Juliana l'avait pour ainsi dire mise à la porte ou plutôt par la fenêtre. Elle venait de faire une des plus grandes découvertes de sa vie et partait sans aucune explication. Comment avait-elle eu tous ces livres ? Et pourquoi ? Puis qui était la personne qui venait lui rendre visite ? Pourquoi ne devait-elle pas la voir ? Le temps qu'Alma fasse le tour de la maison et qu'elle passe devant la porte, Juliana

43

avait déjà fait entrer l'invité mystère. Elle hésita une seconde à les espionner mais se ravisa. Elle était certes très curieuse mais avait reçu une trop bonne éducation pour être si impolie. De plus, Juliana avait été plus que gentille avec elle sachant qu'elle avait débarqué à 8h du matin alors il ne fallait pas en abuser. D'ailleurs elle n'avait pas eu l'air si surprise de la voir à cette heure-ci, elle avait ouvert la porte très rapidement et était déjà prête. Peut-être se doutait-elle qu'Alma allait être pressée de venir ? Étrange lorsqu'on y repense.

6

- Ça va pas la tête ! Qu'est-ce que tu fais là ? s'écria Juliana à l'attention de son invité à l'instant où la porte d'entrée se fermait derrière lui.
- Je suis désolé, je n'avais pas le choix.

Il enleva la capuche de son sweat kaki et suivit Juliana qui faisait claquer ses talons en se dirigeant vers le salon. Les rayons du soleil matinal brillaient entre les branches des grands arbres du jardin et parsemaient la pièce d'éclats de lumière dorée. Juliana faisait face à son invité, debout au milieu de la pièce. Elle était agacée que ce dernier ait pris tant de risques.

- Pourquoi tu n'es pas passé par la porte du bas ?
- Tu n'étais pas seule Juliana et je ne pense pas que tu lui aies encore parlé de tout.

Juliana soupira, il avait raison. Alma en avait assez vu pour aujourd'hui, elle avait déjà une tonne de questions, il fallait y aller en douceur.

En vérité Juliana n'était pas qu'énervée par la venue impromptue de son visiteur. Elle avait présenté son secret à Alma, tout s'était passé sans encombre, Alma avait bien réagi. Le problème était qu'elle avait des questions. Qui n'en aurait pas eu après tout ? Juliana s'en était doutée. Elle imaginait pourtant qu'elle aurait pu répondre à la majorité d'entre elles et ce n'était pas le cas. En fait, elle n'en savait pas beaucoup plus qu'Alma. Elle avait certes cette magnifique bibliothèque secrète mais n'avait guère d'informations générales sur les livres.

Cette collection avait commencé bien des années auparavant, au début cela avait été un passe-temps. Adolescente, elle avait rencontré quelqu'un qui lui avait secrètement donné un livre, puis elle en avait cherché d'autres et s'était constitué sa propre petite collection. Néanmoins, la gigantesque bibliothèque qu'elle avait aujourd'hui, elle ne l'avait pas bâtie toute seule. Ne sachant pas trop ce que représentaient les livres aux yeux des autres, elle les avait cachés. Ses parents étaient un jour tombés dessus et c'est là que l'histoire avait pris une tout autre ampleur.

Juliana était rentrée chez elle après les cours et avait trouvé ses parents dans sa chambre. À ce moment-là, elle s'était dit que c'était fini pour elle. Elle s'imaginait déjà les supplier de ne rien dire à personne, de leur promettre d'arrêter cette collection. Elle les voyait déjà lui faire la morale et lui ordonner de tout jeter. Elle se souvenait encore de ce moment, de la peur qu'elle avait ressentie. La réaction de ses parents avait été toute autre. Ils étaient sortis de sa chambre et avaient fait comme si de rien n'était pendant plusieurs jours. Tout allait bien dans la famille de Juliana, il n'y avait eu une aucune conséquence à cette découverte et elle en avait été soulagée. Plus tard dans la semaine, elle avait compris que ses parents n'allaient finalement pas en rester là. Il était l'heure qu'ils aient la fameuse discussion qu'elle avait tant redouté. Ils s'étaient tous les trois assis dans le salon, ses parents fassent à elle.

- Ju, il faut qu'on parle, avait commencé son père.

Elle avait commencé précipitamment à présenter des excuses quand son père l'avait coupé.

- S'il te plaît laisse-nous parler, il y a certaines choses que nous ne t'avons jamais dites.

Puis pensant qu'il était plus simple de lui montrer que de lui expliquer, il l'avait fait descendre au sous-sol où était amassé des centaines de livres. Juliana savait qu'elle avait un sous-sol mais pensait qu'il ne s'agissait que d'une cave à vin. Elle y descendait d'ailleurs parfois mais n'avait jamais remarqué la trappe dans un coin de la pièce qui menait de l'autre côté du mur. Là, se tenait un couloir dénué de toute décoration. Des portes en bois brut étaient positionnées de chaque côté de ce dernier. Elles s'apparentaient à des caves à vin mais étaient loin d'en contenir. Des centaines de livres posés en vrac sur des étagères. Les premières "caves" étaient les mieux rangées. Les livres étaient alignés les uns à côté des autres comme une véritable bibliothèque mais arrivés à la mi-hauteur du couloir, Juliana avait compris que ces parents n'avaient pas fini le rangement. Les livres étaient simplement entassés sur des étagères et certains étaient encore dans de grands cartons ouverts. Juliana et sa dizaine de livres était bien loin de cette immense collection.

Ils avaient parcouru ensemble chacune des pièces sans dire un mot. Juliana fut la première à prendre la parole lorsqu'ils furent remontés.

- Comment avez-vous eu tout ça ?

- J'ai eu cet héritage de mes parents, confessa sa mère.
- Qui l'ont eu de leurs parents à eux, continua son père.
- Enfin, cela est vrai pour une partie des livres. Pour être plus précise, c'est un héritage familial qui remonte à très longtemps. Je n'ai aucune idée de comment cela à commencer ni même pourquoi. Mais la tradition s'est perpétuée au fil des années. Chacun léguait la collection à son première enfant et ainsi de suite.
- Il faut aussi savoir que chaque personne qui recevait la collection la complétait autant que faire se peut, expliqua son père.
- C'est pourquoi nous avons aujourd'hui plus de 850 livres.
- Vous les avez tous lus ? interrogea Juliana.
- Nous en avons lu beaucoup, avoua sa mère, mais nous sommes loin d'en avoir lu ~~rien que~~ la moitié.
- Nous ne les avons même pas rangés. Cela prend du temps que nous n'avons plus vraiment depuis ta naissance.
- Mais pourquoi vous les cachez ? C'est interdit ?
- Nous n'en avons aucune idée mon cœur mais cela a toujours été comme tel alors il vaut mieux que ça le reste.

Ses parents lui avaient ensuite expliqué que la collection lui appartenait désormais et qu'elle pouvait la compléter comme elle le souhaitait. Elle pouvait également si elle le voulait venir lire ou ranger. Ce qu'ils n'avaient jamais réussi à finir.

Et aujourd'hui Juliana avait présenté cette collection qui était désormais la sienne à Alma, une jeune fille comme elle, curieuse et désireuse d'en apprendre plus sur les livres.

- J'imagine que tu viens me parler de l'échange, déclara Juliana à son invité.
- Oui je ne pouvais pas attendre. L'homme est prêt à nous donner ses doubles de La Pléiade contre plusieurs de nos doubles.
- Ils sont d'une grande valeur, nous n'en avons aucun de cet éditeur.
- Je sais bien... Il y a cependant des conditions, il veut venir les chercher lui-même.
- C'est hors de question, scanda Juliana. Personne ne pénètre dans la bibliothèque.

Elle était furieuse, pour qui se prenait-il à mettre des conditions pareilles. Peu de personnes possédaient des bibliothèques aussi belles et grandes que la sienne. Son accès était limité pour des raisons de confiance et de sécurité.

- Réfléchis Juliana, des livres aussi rares, tu te rends compte.
- J'ai dit non. Qu'il choisisse n'importe quel autre endroit, je ne changerai pas d'avis.
- Je passerai le message, céda l'invité.

Juliana était une personne particulièrement obstinée et têtue. Il savait pertinemment avant même de lui demander qu'elle dirait non mais il fallait qu'il tente. Ils attendaient cet échange depuis

49

des semaines, il ne fallait pas le rater, c'était trop important. Il devrait donc convaincre l'homme de faire la transaction à un autre endroit, en espérant que ce dernier soit moins borné que son amie.

-   Je vais y aller, dit l'invité.
-   D'accord, tu me tiens au courant
-   Bien sûr.

Il la salua et partit par la porte latérale où était passée Alma un peu plus tôt.

7

Alma était allongée sur son lit, triturant la carte que Juliana lui avait donnée. Noire mat avec les informations en lettres manuscrites blanches brillantes.

« Juliana Mer
8 impasse du golf – Résidence Bétunia
Code téléphone : 9253C »

Elle ne savait pas comment réagir, elle avait énormément de questions mais ne pouvait la harceler pour qu'elle y réponde. Et quand est-ce qu'elle pourrait l'appeler ? Quand est-ce que cela ne serait ni trop tôt ni trop tard ? Elle ne voulait pas la déranger mais après tout c'est elle qui avait proposé l'appel. Ne rien faire la rendait dingue. Elle se leva et décida d'effectuer quelques recherches sur les livres. « Bibliothèques » « livres disparition » elle écouta plusieurs audiostes en accéléré mais rien ne fut concluant. Ils n'étaient que des podcasts de fiction, aucun ne relatait de véritables faits. Elle aimait beaucoup les histoires mais ce n'était pas ce qu'elle recherchait. Elle se posa et réfléchit, où pouvait-elle trouver des informations ? Personne ne parlait plus des livres. Avant de rencontrer Juliana, elle en avait entendu parler grâce à ses propres recherches, même durant sa scolarité, jamais personne n'avait évoqué les livres. Elle n'avait aucune idée de pourquoi il n'y en avait plus, ni pourquoi personne n'en parlait. Cela était-il devenu illégal d'en posséder ? Juliana les cachait mais pour quelle raison ? Pourquoi avaient-ils disparu ?

La curiosité d'Alma pour ce sujet avait commencé lors de recherches pour l'un de ces devoirs. Elle avait vu par hasard sur un site une photo de bibliothèque. En voyant la photo, elle avait décidé de faire quelques recherches mais n'avait rien trouvé de bien intéressant. Les résultats se limitaient à montrer des photos de livres. Il n'y avait aucune autre explication sur ces derniers hormis le fait qu'ils avaient existé. Elle avait ensuite rencontré Juliana et là tout avait changé.

Alma comprit que les sites officiels d'informations ne lui apporteraient pas de réponses. Il fallait donc qu'elle aille chercher des personnes qui, comme elle, étaient intéressées par le sujet. Et quoi de mieux que les forums pour cela ! Elle régla les résultats de recherches sur "forum" et dut aller jusqu'à la 6e page avant d'en trouver un qui en valait la peine. Les gens aimaient raconter de fausses histoires pour attirer l'attention et beaucoup, s'ils n'avaient pas assez de connaissance ou de recul, pouvait se laisser prendre au piège. Alma avait des années d'expériences de curieuse derrière elle et savait donc reconnaître les vraies et fausses informations. Certaines choses lui paraissaient trop grosses "le gouvernement a interdit les livres pour ne plus qu'on s'informe et qu'on ne se rebelle plus" disaient certains. Complétement stupide, Alma le savait bien étant donné toutes les autres sources d'informations disponibles aujourd'hui. Si le gouvernement avait voulu cela il aurait mieux fait de simplement couper Internet. "Le gouvernement a brûlé tous les livres et ceux qui en possédaient et ont été punis." Fahrenheit 451, quand elle avait commencé à s'intéresser au sujet, cette histoire était sortie. Elle avait écouté l'audioste et savait donc que cela était tiré d'un livre et non la réalité. Les internautes inventaient toutes sortes de complots autour de ce sujet.

Ce n'est donc qu'à la page 6 qu'un forum retint son attention. Elle parcourut trois fois les 12 pages de conversation pour être sûre d'avoir bien compris ce qu'elle lisait et de pouvoir se faire un avis sur la véracité des faits. D'après les rumeurs, des groupes pro-livre existaient et des bibliothèques étaient présentes un peu partout dans le monde. Certains évoquaient même des échanges entre bibliothèques. Alma ferma les yeux et prit quelques minutes pour digérer ce qu'elle venait de lire. Cela pouvait-il être vrai ? Ou bien venait-elle de lire d'autres inventions farfelues venues tout droit de l'imagination de petits malins ? Pourtant ce forum était différent des autres, entre les détails expliqués, les propos des uns et des autres qui se complétaient et les tournures de phrases bien rédigées, il y avait forcément une part de vérité. Elle repensa à Juliana. Elle avait une bibliothèque immense qui contenait des milliers de livres, il était impossible que d'autres de la même taille existe et que personne n'ait rien remarqué. Après tout Juliana n'avait certainement pas amassé cela toute seule. Mais comment ? Quand ? Qui ? Elle était encore plus confuse qu'avant d'effectuer les recherches.

Elle descendit se chercher quelque chose à manger, elle aviserait ensuite sur ce qu'elle allait faire.

- Salut Alma !
- Salut Charlie, ça va ?
- Oui et toi ? Je t'ai vu partir tôt ce matin quand je suis rentrée de la soirée, tu faisais quoi ?
- Je euh,
- Salut les filles !

Leur père entra dans la cuisine. Sauvée par le gong, pensa Alma. Qu'aurait-elle dit à sa sœur ? Qu'elle traînait simplement avec la voisine à 8h du matin ? Elle aurait trouvé ça sacrément étrange.

- Coucou papa, ça va ? Pas trop fatigué après hier soir ? le taquina Charlie.
- C'est plutôt à toi que je devrais demander ça, ta soirée s'est bien passée ?
- Oui c'était super ! Un peu fatiguée donc je pense que je vais aller me coucher.

Sur ce, elle quitta la pièce. Leur père se mit à rire, voir sa fille dans cet état lui rappelait sa jeunesse. À l'époque, lui aussi était un grand fêtard, tout comme leur mère. C'était d'ailleurs à la soirée d'un ami commun qu'ils s'étaient rencontrés, il y a 27 ans de cela. Puis le temps avait passé, ils avaient trouvé du travail, s'étaient mariés, avaient eu des enfants et avaient donc dû lever le pied. Malgré tout, ils étaient toujours partant pour une soirée. Aux souvenirs de ces soirées de jeunesse, il espérait secrètement que sa fille ne fasse pas autant de bêtises que lui. *Ah quelle belle époque, pensa-t-il.*

Alma se prépara un sandwich et un verre d'eau, échangeant quelques mots sur la soirée de la veille. Son père n'avait fait aucune remarque sur le fait qu'elle avait passé la majeure partie de la soirée avec Juliana et cela l'arrangea. Elle ne se sentait pas de trouver un mensonge sur leur sujet de conversation.

Alma mangea debout appuyée sur le comptoir, son père épluchait des carottes pour le soir. Elle avait constaté que ses parents se répartissaient naturellement la tache en ce qui concernait l'élaboration des repas. Si l'un d'eux avait une idée, il se lançait, sinon ils se chargeaient chacun à leur tour des repas. Ni l'un ni l'autre n'avait de passion particulière pour la cuisine mais ils se débrouillaient plutôt bien.

- Papa ?
- Hmm, répondit-il un couteau entre les dents.
- Qu'est-ce que tu sais des livres ?
- Des livres... ? Il marqua une hésitation. Cela faisait bien longtemps qu'il n'avait pas entendu ce mot. Les trucs avec des feuilles et des histoires là ?
- Oui tu sais comme mes audiostes mais pour lire.
- Oui je vois, ce n'était pas très écolo si tu veux mon avis, ils utilisaient des milliers d'arbres pour les faire !
- Tu ne saurais pas pourquoi ils ont disparu par hasard ?

Il rit, il la revoyait petite à poser tout un tas de questions. Cela faisait belle lurette qu'elle ne l'avait pas fait.

- Je suis désolé mais je ne peux pas te donner de réponse. Ils ont disparu il y a un bon bout de temps, je ne sais même pas si mes grands-parents en ont connu.
- Tu penses que les gens n'aimaient plus ça ?
- Je pense que la société a évolué tu sais, puis avec toutes les nouvelles technologies qu'on a aujourd'hui je ne vois plus trop l'intérêt des livres.
- Pour avoir une autre expérience ? tenta Alma.
- Mouais, répondit son père pas tout à fait convaincu. Regarde tout ce qu'on peut faire avec le MaxPro aujourd'hui. Pourquoi nous encombrerions-nous de livres lourds et qui ne sont pas bons pour l'environnement alors qu'on a tout ce qu'on veut dans un si petit appareil.

En parlant, il désigna son MaxPro à Alma.

- Oui, tu as sûrement raison.

Elle s'apprêtait à se retirer quand une question lui revint subitement.

- Papa, on n'aurait pas des livres quelques part ?

Il rit encore plus fort que la première fois.

- Mais d'où tu sors cette passion pour les livres ? Bien sûr que non nous n'en avons pas c'est bien trop vieux.
- Oh ma curiosité naturelle tu sais.

Il regarda sa fille s'éloigner. Elle avait déjà fait des fixettes sur des sujets en particulier. Il se souvenait quand, à son entrée au lycée elle s'était prise de passion pour l'ex capitale. Elle avait passé des mois à amasser des informations pour tout connaître.

Il n'y avait plus de capitale désormais, le territoire était organisé par villes, les campagnes alentours dépendaient de la ville la plus proche. Chaque ville avait sa propre politique, il arrivait que des villes ne soient pas d'accord entres elles pour un projet ou autre. Dans ce cas-là, c'était à une autre ville tirée au sort de trancher. Les villes faisaient toutes à peu près la même taille, il n'y avait plus de notion de grande et de petite ville. Ceux qui n'habitaient pas en ville dans les grandes tours d'immeubles logeaient dans des résidences privées comme la leur. Il y en avait des centaines autour des villes, elles variaient entre dix et vingt maisons. Certaines résidences n'étaient pas composées d'habitations mais de commerces. Cela permettait aux citoyens de ne pas avoir à se déplacer en centre-ville pour faire leurs courses.

Une fois dans sa chambre, Alma hésita mais n'osa pas rappeler Juliana. Elle resta la journée chez elle à essayer de penser à autre chose. Elle avait bien essayé de se divertir en révisant ses cours ou plutôt en les parcourant d'un air distrait, en écoutant des audiostes, en regardant « Crimes et Instinct » une de ces séries policières préférées.

Elle l'avait découvert par hasard en cherchant une autre série sur le catalogue en ligne et avait été plus que ravie d'être tombée dessus. « Crimes et Instinct » comptait 8 saisons de 20 à 22 épisodes de 40 minutes, elle en avait déjà regardé plus de la moitié. Il était plutôt rare aujourd'hui de trouver des séries avec autant d'épisodes et si long de surcroît. La série mettait en scène une psychiatre qui cherchait à comprendre les motivations des différents tueurs qu'elle rencontrait. Cela passionnait Alma, si elle n'avait pas fait d'études d'archéologie elle serait certainement partie dans des études de psychologie.

Elle avait même fait une partie de jeu vidéo avec sa sœur, pour le plus grand plaisir de cette dernière. Mais cela prouvait surtout qu'Alma était désespérée de combattre ses pensées pour les livres. Aucune des activités qu'elle avait enchaînées durant l'après-midi ne l'avait aidé un tant soit peu à penser à autre chose. Elle trouvait toujours le moyen de faire un rapprochement avec Juliana ou les livres.

Elle aurait aimé parler de tout cela à quelqu'un, cependant Juliana lui avait fait promettre de ne rien dire. Au vu de l'ampleur du secret, elle ne voulait pas prendre le risque de dévoiler cela sans connaître plus de détail. Et aussi, elle ne voulait pas la contrarier sachant que cette dernière aurait pu ne jamais lui montrer tout cela. Alma ne connaissait pas non plus les risques si elle en parlait à quelqu'un. D'un autre côté, elle disait tout à Lucas... et c'était une personne de confiance. Il pourrait l'aider à comprendre tout ça et il n'en parlerait pas si elle lui faisait promettre de ne rien dire. Désormais partagée entre révéler le secret de Juliana à son meilleur ami ou bien se taire et réfléchir seule à tout cela, elle était un peu perdue. Elle se demandait également pourquoi Juliana lui avait confié tout cela. Pourquoi à elle ? Simplement pour satisfaire sa curiosité ? C'est alors qu'elle reçut un appel d'un numéro qu'elle ne connaissait pas, elle eut quelques secondes d'hésitation avant de répondre.

-    Alma ?

8

Juliana avait également passé la journée chez elle. À vrai dire elle ne sortait jamais beaucoup, habituée à la solitude, sa propre compagnie lui suffisait. Elle comprenait pourquoi les gens préféraient être entouré mais n'avait jamais ressenti ce besoin. Rencontrer de nouvelles personnes, discuter avec elles, être entourée n'était pas ce qu'elle aimait. Un cercle d'amis restreint était bien suffisant pour elle. Plus jeune, elle s'était demandé si elle n'avait pas un problème, si elle n'était pas bizarre de ne pas trop aimer la compagnie. Puis elle s'était fait une raison, non elle n'était pas bizarre, elle n'avait simplement pas besoin de cela.

Elle avait continué ses recherches sur les livres dans l'espoir de pouvoir apporter des réponses à Alma. Elle avait pensé à elle toute la journée. Elle savait qu'elle attendait beaucoup de leur prochaine rencontre mais elle ne pouvait pas lui dire grand-chose de plus. Elle s'en voulait de la laisser mariner et se devait d'être franche avec elle. Elle prit donc l'initiative de l'appeler.

- Hey Max ! Appelle Alma.

Le Max Pro s'exécuta, elle activa l'option hologramme pour qu'Alma puisse la voir. Cette option, sortie il y avait maintenant plusieurs années, avait révolutionné les appels, notamment les appels professionnels. Les réunions pouvaient se faire à distance et c'était comme si tout le monde était présent. La qualité était incroyable, vous pouviez voir les miettes de croissants que votre collègue avait fait tombées sur son pantalon. Vous pouviez également sentir quel parfum votre autre collègue avait choisi. L'option hologramme était bien plus qu'une simple image, vous pouviez sentir, voir, entendre comme si vous étiez dans la même pièce que les personnes que vous appeliez.

Alma décrocha après plusieurs longues secondes, Juliana avait commencé à perdre espoir et avait failli raccrocher. Le visage d'Alma lui apparut.

- Bonjour Alma, j'espère que je ne te dérange pas.
- Bonjour, je ne m'attendais pas à ce que tu m'appelles.
- Je te prie de m'excuser pour ce matin, j'espère que tu ne m'en tiendras pas rigueur. Mon invité n'était pas…, elle hésit quelques secondes, prévu, finit-elle par dire.
- Non il n'y a pas de souci, il faut dire que je suis arrivée un peu tôt. Je suis désolée
- Aucun problème, dit Juliana en balayant ses excuses de la main pour lui signifier que c'était oublié.
- Tu sais j'ai beaucoup de questions.
- Je me doute Alma et c'est pour ça que je t'appelle, je crains de ne pouvoir répondre à tes questions.
- Comment ça ?

Alma fut désarçonnée, elle pensait que Juliana lui révèlerait tout. Pourquoi lui avoir montré la bibliothèque si elle ne comptait pas lui en raconter davantage ?

- Ce n'est pas que je ne veux pas Alma, c'est simplement que je ne peux pas. Je n'ai pas les réponses.

Alma était vexée, elle avait attendue toute la journée des réponses pour que la seule que Juliana lui donne fut qu'elle n'en avait pas.

- Mais ses livres ne sont pas arrivés chez toi comme par magie, s'agaça-t-elle.
- Non bien sûr que non.

Elle comprenait le désarroi d'Alma et regrettait presque de lui avoir parlé de tout cela si tôt. Elle aurait peut-être dû attendre d'en savoir plus. Elle voulait tellement lui en parler, désormais elles avaient une passion commune.

- Je vais tout expliquer mais pas par téléphone. Passe chez moi dès que tu peux. Maintenant si cela te convient. J'ai besoin que tu m'aides à obtenir des réponses, Alma.

Elle espérait qu'Alma viendrait, elle ne voulait rien lui cacher, ou presque, et ne voulait surtout pas que cette dernière pense le contraire.

9

L'invité de Juliana était chez lui, il n'avait pas non plus bougé de la journée. Sorti de chez Juliana, il était rentré et avait contacté leur interlocuteur pour lui dire que le marché ne tenait pas. Enfin plus exactement qu'ils étaient d'accord pour échanger les livres mais pas dans la bibliothèque de Juliana. L'invité, du plus loin qu'il s'en souvienne, n'avait jamais vu qui que ce soit entrer chez elle. Peut-être d'autres personnes qui échanger les livres pour elle avant lui.

L'invité aidait Juliana pour les échanges et uniquement pour ces derniers. Il cherchait de potentiels contacts, vérifiait tout ce qu'il pouvait sur eux, s'ils étaient dignes de confiance et ensuite cherchait à les joindre. Parfois des contacts n'avaient rien à échanger donc n'étaient pas utile à sa mission mais, il lui était arrivé de trouver de véritables trésors. Comme ces livres de la Pléiade qu'il s'appliquait à obtenir pour Juliana. Son rôle s'arrêtait après avoir récupéré les livres. Puis, il recommençait, toujours à l'affût de nouveaux bons plans.

Il rendait donc souvent visite à Juliana, il lui expliquait toujours où il en était dans ses démarches, lui exposait ses doutes sur de potentiels interlocuteurs et l'informait de tout ce qu'il avait trouvé sur eux. D'habitude, il passait par la porte du bas. La maison de cette dernière était la plus haute de la résidence, elle était sur une petite butte et la plus éloignée. Personne ne pouvait le savoir mais sur le flanc droit de la maison se trouvait une petite porte. Pile entre la pelouse bien entretenue et le golf des arbres pile entre le golf et la maison et derrière ces derniers il y avait une petite porte. Protégée par un code au cas où quelqu'un aurait l'audace de s'aventurer sur la propriété privée. La porte donnait sur un couloir de terre battue puis arrivait à une autre porte métallique blindée cette fois-ci et avec un deuxième code, différent du premier. Cela menait au couloir pavé où Juliana l'accueillait avant de l'emmener à la bibliothèque.

L'invité, alors qu'il se rendait chez Juliana, avait vu la jeune fille se diriger vers chez elle. Elle l'avait prévenu qu'elle devait venir mais pas si tôt, il avait donc patienté un peu espérant qu'elle ne resterait pas trop longtemps. Puis quand il en avait eu marre il avait décidé d'aller sonner, l'échange qu'ils allaient faire était important, il ne pouvait pas attendre plus longtemps.

Il était difficile de trouver des personnes possédant des livres, il était encore plus dur qu'elles veuillent bien en échanger mais ce qui était le plus compliqué était de trouver des livres que Juliana ne détenait pas. Avec l'expérience, l'invité avait remarqué que les mêmes livres revenaient souvent : Bible, classiques français, romans policiers des mêmes auteurs. Tout ça Juliana les avaient déjà, 1051 livres forcément cela devenait compliqué d'en trouver de nouveaux. Pourtant ils savaient tous les deux qu'il y en avait d'autres, il fallait chercher plus loin.

Quatre livres de la Pléiade étaient une affaire en or, ils étaient extrêmement rares et les personnes qui les possédaient n'en avait souvent qu'un exemplaire. Jamais ils n'en avaient en double. Sauf ce monsieur, leur interlocuteur.

L'invité avait passé sa journée à attendre une réponse en craignant que le contact soit définitivement coupé. Si leur interlocuteur se braquait et ne voulait pas lâcher, l'échange leur passerait sous le nez.

10

Alma n'attendit pas une minute de plus pour sauter de son lit et se rendre chez Juliana.

- Où est-ce que tu vas ? l'interpella son père avant qu'elle ne passe la porte d'entrée.
- Je vais voir Lucas, lâcha-t-elle avant de partir

Ses parents assis sur le canapé, un verre de vin posé devant eux se regardèrent et haussèrent les épaules. Alma n'était pas du genre à mentir ni à aller n'importe où, ses parents ne lui demandaient des comptes que très rarement. Et si elle sortait, c'était plutôt tant mieux.

Juliana lui ouvrit rapidement, elle se doutait qu'Alma n'allait pas attendre bien longtemps avant de débarquer. Alma suivit Juliana jusque dans le salon, elle fit cette fois-ci plus attention à ce qui l'entourait. Le large couloir qui menait au salon était minutieusement aménagé, juste avant le fameux couloir se trouvait une console avec deux lampes et un vide poche. Au-dessus un joli miroir rectangle grand d'au moins un mètre de long et aux contours dorés reflétait le visage pâle et cerné d'Alma. Elle put apercevoir rapidement le profil droit de Juliana et se fit la réflexion qu'elle lui ressemblait un peu enfin avec quinze ans de plus. Même si Juliana faisait plus jeune que son âge, Alma savait qu'elle en avait 38. Elle avait surpris une conversation entre deux voisines lors d'un précédent dîner des voisins. Elles commèraient en se demandant comment elle faisait pour avoir un teint aussi beau et non ridé et un corps aussi parfait.

- Ça c'est parce qu'elle n'a jamais eu d'enfants, critiqua l'une d'elle.
- C'est sûr j'aimerais bien la voir après deux grossesses tiens.
- Elle serait bien plus grosse et bien plus fatiguée ça c'est sûr.

Et elles avaient fini leur conversation par un soupir entendu. Alma avait eu l'impression d'être dans une télé-réalité où le seul but des participants était de créer des problèmes et de critiquer. Tout ce qu'elle détestait. Alma aimait sa maison et son confort et des discussions comme celle-ci était une bonne raison pour elle de rester tranquillement chez elle et de ne sortir que quand c'était nécessaire. Malgré les commérages résidentiels inévitables, elle se sentait bien ici et ne s'imaginait pas vivre ailleurs. Non seulement l'environnement lui convenait mais sa maison également. Sa mère aimait la décoration et avait choisi des objets intemporels mais pas impersonnels. D'après les dires des personnes qui franchissaient la porte de chez eux la maison était décorée *« avec beaucoup de goût »*. Bien décorée ou pas, tout ce qui importait à Alma s'était qu'elle s'y sente bien. La maison était grande et laissait bien assez de place pour eux quatre : ses parents et sa sœur. Si elle le pouvait, elle aimerait vivre dans cette maison toute sa vie.

Juliana fit s'installer Alma sur un des canapés en faux cuir blanc du salon.

Tout comme la fourrure, le cuir avait été interdit pour contrer les violences animales. Les années 2050 et celles qui avaient suivies avaient marqué un tournant crucial dans l'histoire plaçant pour la première fois depuis le début de l'humanité, le réchauffement climatique au cœur des préoccupations. Les lois concernant les animaux et les espèces protégées et luttant contre la maltraitance animale étaient arrivées juste après.

Assise là où elle était, Alma apercevait à sa droite le golf dans la pénombre, le soleil venait de se coucher et des lumières éclairaient des parties du green. À travers les rais de lumières, on pouvait voir les jets d'eau, de pluie récupérée bien sûr, en marche pour maintenir le gazon vert en toute saison. Alma était déjà allée faire du golf une ou deux fois en compagnie de sa sœur. Il s'étendait sur un domaine de près de soixante-dix hectares et elle s'était promis qu'elle ne referait pas de partie à moins d'avoir une voiturette.

Le salon de Juliana était étonnamment bien éclairé pour une pièce aussi grande sans plafonniers. Les diverses lampes aux quatre coins de la pièce faisaient amplement l'affaire. Sur la table basse était posé un verre de vin blanc presque fini.

-   Tu en veux un verre ? lui proposa Juliana en désignant le sien.
-   Je veux bien, merci.

Juliana s'affaira dans la cuisine et revint avec une bouteille de vin blanc, un verre pour Alma et des olives. Elle remplit les deux verres et prit place sur le fauteuil à la droite d'Alma, dos au golf. Elles prirent leurs verres et trinquèrent.

-   À notre collaboration, sourit Juliana.
-   À la vérité, répliqua Alma.

Juliana essaya de cacher son malaise en buvant une longue gorgée de vin. Toute vérité n'était peut-être pas bonne à dire après tout. Certaine était mieux cachée pour enfouir la honte qu'elle nous faisait ressentir.

- J'ai cette collection de livres depuis que je suis adolescente, ma mère l'avait reçue en héritage de la sienne et ainsi de suite. Chacun essaie tant bien que mal de compléter cette collection pour que les livres ne soient jamais totalement oubliés, se lança Juliana.
- Mais pourquoi les avons-nous oubliés ?
- C'est une très bonne question et j'aimerais que tu m'aides à y répondre.
- Tu veux dire que tu n'en sais rien ? Tu as ces livres depuis des années mais tu ne sais pas pourquoi il n'y en a plus aujourd'hui ?
Juliana hocha négativement la tête.
- Je n'en ai pas la moindre idée. Tout ce que je peux te dire c'est que je ne suis pas la seule à avoir une bibliothèque comme celle-ci mais il est très dur de rentrer en contact avec des personnes qui s'y connaissent. Tu sais ça fait tellement d'années que les livres ne font plus partie de ce monde.
- Mais je ne comprends pas pourquoi ? Je veux dire ce sont des merveilles absolues !
- J'essaie de comprendre depuis des années mais tu sais il m'a fallu beaucoup de temps pour connaître ne serait-ce qu'une personne qui pouvait me renseigner sur ce domaine.

- Mais où as-tu trouvé tous ces livres ?
- Je n'en ai pas trouvé tant que ça, ma famille avait déjà une grande collection quand je les ai récupérés. Ma mère m'avait expliqué qu'à l'époque des échanges se faisaient pour alimenter des bibliothèques. Pour toujours garder une trace de ces derniers, surtout pour les plus passionnés.

Alma avait dû finir un verre de plus pour bien comprendre l'information. Pendant tout ce temps, Juliana s'était tue. Elle espérait au plus profond d'elle qu'Alma allait pouvoir l'aider. Elle avait quelques contacts mais n'avait rien appris sur les livres qu'elle ne sache déjà. Mais elle était sûre qu'il suffisait de tomber sur la bonne personne. Des livres, des merveilles, comme les qualifiaient Alma, ils n'avaient pas pu disparaître comme ça. Et par quoi avait-il été remplacé ? Rien du tout ? Ou bien simplement des audiostes ? Elle ne pouvait pas y croire. Comment cela était-il possible ? Elle savait qu'elle pouvait compter sur Alma, elle l'aiderait et elles finiraient par comprendre ensemble. Enfin c'est ce qu'elle espérait. Pour le moment, Alma n'avait pas bougé hormis pour porter son verre à ses lèvres.

- C'est d'accord.

Juliana qui s'était perdue dans ses pensées ne réalisa pas tout de suite.

- Quoi ?
- C'est d'accord, je vais t'aider.
- Je ne sais pas quoi dire Alma, merci beaucoup. J'espère vraiment qu'on pourra découvrir ensemble ce qu'il s'est passé.

- Tu me promets de ne rien me cacher et de me partager tout ce que tu sais ?
- Bien sûr Alma, ce n'est pas dans mon intérêt de te cacher quoi que ce soit.

Alma se leva.

- Bien, alors j'aimerais retourner dans la bibliothèque. Si nous devons découvrir quelque chose, je suis certaine que les livres nous aideront.

11.

Alma était prête pour la mission que lui avait confiée Juliana. Si cette dernière n'avait pas réussi à découvrir seule pourquoi il n'y avait plus de livres aujourd'hui, à deux elles y arriveraient peut-être. Alma avait cette aptitude à pouvoir compartimenter et organiser son cerveau. Cela l'aidait énormément dans ses études d'archéologie, savoir par où commencer, savoir ce qui était utile et ce qui ne l'était pas. Pour comprendre une situation présente, il fallait comprendre comment elle était dans le passé. Les livres ne devaient pas être si différents des audiostes, ils devaient y avoir plusieurs genres : science-fiction, policier, réaliste et pourquoi pas historique. Alma devait analyser tous les angles, tous les genres. On écrit différemment suivant son environnement, son époque, elle devait se plonger dans le passé pour comprendre le présent. Et surtout découvrir à partir de quand les livres avaient disparu. Elle devait y aller par étape, elle finirait par trouver, elle le devait.

Elle suivit Juliana comme la première fois. D'abord par le couloir à droite de la porte d'entrée, dans le placard au fond puis passer par la trappe en descendant les escaliers métalliques bringuebalants, arriver sur les pavés et se diriger vers la première porte à droite. Juliana tapa le code, par réflexe Alma se détourna, le regrettant immédiatement. Elle aurait aimé pouvoir accéder à cette pièce quand elle le voulait. Le plafonnier s'alluma, suivi des lumières accrochées aux étagères. Alma s'approcha de la première d'entre elles.

- Y-a-t-il un ordre, hasarda-t-elle, une classification particulière ?
- Je suis désolée mais je crains que non. Il m'a fallu un sacré bout de temps rien que pour trier et ranger les livres que j'avais.
- Je comprends... Et tu en as lu certains ? J'imagine pas tous mais si tu avais une recommandation cela pourrait m'aider à savoir par lequel commencer.
- En effet, je ne les ai pas tous lu, rit Juliana, mais dis-moi ce que tu cherches, je peux peut-être t'aider.

Alma expliqua sa stratégie de recherche. Juliana y adhéra et se mit à l'œuvre. Il lui fallut une vingtaine de minutes pour poser sur la table une dizaine de livres. Alma prit place dans un des sièges en velours et attrapa un premier livre. Elle ne comptait pas tout lire, une lecture en diagonale suffirait. Juliana, quant à elle, remonta au salon pour chercher de quoi se sustenter. Elle redescendit avec du thé, des biscuits, de quoi écrire et marquer les pages qui intéresseraient Alma.

- Je sens qu'on va en avoir besoin, dit-elle en posant le plateau à côté d'Alma.

Alma fût tellement concentrée et plongée dans ses recherches qu'elle n'avait pas touché à une seule goutte de thé ni un seul gâteau. Cela faisait des heures que les deux femmes feuilletaient des livres. Juliana en ramenait sans cesse dès qu'elle voyait qu'Alma était sur le point de finir la pile précédente, elle n'osait pas l'interrompre. Elle se releva pour la quatrième fois quand Alma lui fit signe de se rasseoir. Elle en avait assez lu pour ce soir, ses yeux la piquaient et elle commençait à bâiller.

- Je vais m'arrêter là pour le moment.
- J'avoue que je commence aussi à être fatiguée. Tu veux qu'on résume ce qu'on a découvert ?
- Ok alors d'après ce que j'ai lu les livres ont dû disparaître aux alentours de 2100. Les livres avant 2050 font souvent mention de livres mais dans les années qui suivent il y a de moins en moins d'allusion à ces derniers.

- En effet, j'ai vu qu'ils parlaient de liseuses il me semble.
- Oui, je n'ai aucune idée de ce que ça peut être mais apparemment certains en avaient. Ils parlaient aussi de livres audio, je connais un peu car c'était les ancêtres, si on peut appeler ça comme ça des audiostes. Autrement dit des audiostes en moins bien, dit-elle en riant. Mais je n'ai pas trouvé d'infos en plus. Tu penses que les liseuses et les audiostes ont remplacé tous les livres ?
- Ensuite, les liseuses ont également disparu car je n'en ai jamais entendu parler. Les audiostes d'accord mais bon... de notre point de vue étant donné qu'il n'y a plus de livres aujourd'hui, c'est ce qu'il s'est apparemment passé.

Alma hocha les épaules, c'était en effet l'explication la plus logique. Néanmoins, elle se disait que cela était trop simple. Elle avait besoin de plus d'informations donc de poursuivre ses recherches mais pour le moment ce dont elle avait le plus besoin était de se poser et de dormir. Elle voulut aider Juliana à ranger mais cette dernière la congédia en lui disant qu'elle en avait bien assez fait pour ce soir. Alma, exténuée, ne se fit pas prier. Juliana la raccompagna et la remercia pour la dixième fois de la soirée.

Lorsqu'elle sortit, l'air de la nuit la glaça, elle se rendit alors compte que les lumières de la résidence était éteinte, il devait être tard. À cause du réchauffement climatique et des mesures prises trop tard, les températures avaient augmenté. Ils ne faisaient désormais jamais en dessous de 3 degrés même l'hiver. Alma n'avait donc jamais connu les hivers froids des années 2000, la seule neige qu'elle n'ait jamais côtoyée était l'artificielle de la station de ski où elle était allée quelques fois. La température moyenne était de 22 degrés et l'été cela montait souvent jusqu'à 40° là où elle habitait, les villes plus au Sud étaient encore plus chaudes. Alma était donc plus habituée au chaud qu'au froid. Alors, bien que la température extérieure soit plus que correcte pour des personnes qui auraient vécu dans les années 2050, Alma était gelée.

Elle ouvrit doucement la porte d'entrée et s'étonna de trouver les lumières du salon encore allumées.

- Tu as vu l'heure Alma ? cria sa mère alors qu'elle n'avait pas encore refermé la porte d'entrée.

Alma réalisa que son père, sa mère et sa sœur étaient assis sur le canapé du salon.

- Ça fait des heures qu'on essaie de te joindre ! Où étais-tu ? Et ne t'avises pas de mentir on sait que tu n'étais pas chez Lucas, la gronda son père.

Elle regarda son téléphone, il était 2h16 du matin, elle se doutait bien qu'il était tard mais n'avait pas imaginé qu'il puisse être aussi tard. Elle n'était jamais rentrée à cette heure-ci sans prévenir ses parents. Elle avait des tonnes de SMS et d'appels manqués, même Lucas avait essayé de la joindre quand il avait compris qu'elle avait menti à ses parents.

- Je suis désolée, je ne voulais pas vous inquiéte*r*.
- Pourquoi tu ne répondais pas ?
- Je n'avais pas de réseau, je suis désolée. Sa mère se leva.
- Tu ne te rends pas compte comme on a eu peur, on a failli appeler la police !
- Maman arrête de dramatiser, Charlotte rentre tard h24 et vous ne dites jamais rien.
- Alma, moi je préviens au moins...
- Roh ça va hein pour une fois que je sors vous m'engueulez, il y a jamais rien qui va avec vous !

Furieuse, elle monta les escaliers quatre à quatre et claqua la porte de sa chambre. Elle aurait mieux fait de rester chez Juliana.

En bas, ses parents soupirèrent. Que les enfants pouvaient être ingrats. Ils n'imaginaient pas une seconde le souci que leurs parents se faisaient pour eux. La boule au ventre qui grossissait au fur et à mesure des heures sans les voir rentrer. La panique et l'incompréhension quand ils ne répondaient pas au téléphone. Tout pouvait si vite basculer. Et des parents restaient toujours des parents, l'inquiétude pour leurs enfants faisait partie de leur âme. Et puis, des enfants restaient toujours des enfants à faire comme bon leur semble, à dire que leurs parents s'inquiètent toujours pour rien. Peut-être un jour comprendront-ils, certainement quand eux aussi deviendront parents. Même s'ils étaient en colère, les parents d'Alma étaient soulagés, leur fille était là, saine et sauve.

12

Alma avait passé le plus clair de la semaine suivante chez Juliana. Les deux voisines ne se quittaient plus, elle aurait pu faire ses affaires et emménager dans une des chambres d'ami de Juliana. La maison était si grande qu'elles ne se seraient pas marchées dessus.

Chaque fois qu'Alma entrait, elle se demandait comment Juliana faisait pour rester seule dans une si grande maison. À 22 ans, elle n'était parfois pas rassurée quand elle passait des week-ends seule chez elle alors vivre complétement seule dans une maison encore plus grande que la sienne lui ferait peur. Les grands espaces vides l'angoissaient, elle aimait les espaces confortables comme sa chambre.

Malgré des heures et des heures de recherche, elles n'étaient pas plus avancées que la semaine précédente. Juliana avait perdu son optimisme premier et semblait découragée par cette mission. Quant à Alma, elle était tenace, elle ne lâcherait rien avant d'avoir trouvé ce qu'elle voulait. Elles en étaient arrivées à la conclusion que les livres leur avaient fournis toutes leurs informations et que si elles en voulaient de nouvelles, elles avaient besoin d'une nouvelle source.

Elles avaient pu affiner l'époque à laquelle les livres avaient disparu. Elles avaient même compris ce qu'était une liseuse. Elles avaient trouvé l'idée ingénieuse d'ailleurs. Avoir autant de livres qu'on voulait dans une petite tablette facilement transportable semblait pour elles absolument géniale. Les livres avaient petit à petit disparus des histoires, remplacés par des liseuses, livres audios, audiostes mais après plus rien. Il fallait dire qu'après ils avaient disparu alors aucun ne relatait des histoires plus récentes.

Elles avaient tout de même découvert la théorie de Georges Polti, théorie très intéressante selon laquelle il n'existerait que 36 scénarios dramatiques. Georges Polti s'était inspiré de Carlo Gozzi et Johann Wolfgang Von Goethe. Ces scénarios étaient des situations, par exemple « venger un crime » « tout sacrifier à la passion » ou encore « retrouvailles ». Chacune d'elle répondait à un schéma bien précis avec des personnages et des intentions. Les scénarios n'étaient pas dépendants les uns des autres mais une situation pouvait en entraîner une autre. On pouvait commencer par « ambition » et finir par « détruire ». Des livres pouvaient donc être classés dans une seule catégorie ou dans plusieurs.

Bien que cette théorie soit très intéressante et qu'elle les ait occupées une soirée entière, elle ne les avait pas vraiment aidées. Elles n'en savaient pas plus sur la disparition des livres.

Juliana n'avait pas eu de nouvelles de l'échange de livres qu'elle devait effectuer. Elle attendait la réponse de son invité qui attendait lui-même celle de l'interlocuteur sur le fait que l'échange ne se ferait pas chez elle. Rien n'ayant bougé, elle n'en avait même pas parlé à Alma. Pourtant en y repensant, cette personne pouvait être une source pour elles. Elle en connaissait peut-être davantage sur l'histoire des livres.

Assises toutes les deux sur les sièges de la bibliothèque, le visage de Juliana s'éclaira. Elle venait de reprendre espoir. Fallait-il maintenant qu'elle l'explique à Alma.

- Alma !
- Oui ? celle-ci leva la tête de son livre.
- Je crois que j'ai notre prochaine source.
- Ah oui ? Pas d'autres livres dis-moi. J'adore ces petites merveilles mais je désespère de ne rien trouver. Pour le coup les avoir en audiostes m'aurait bien aidé, même un simple livre audio je prends.

Juliana fronça les sourcils comme si elle réfléchissait sur ce qu'Alma venait de dire.

- C'est peut-être pour ça qu'ils ont disparu ! Les gens en avaient peut-être marre de lire !
- Je ne sais pas... Ils n'étaient pas non plus obligés d'en lire autant que nous actuellement. C'était censé être un plaisir non ?
- D'après ce qu'on a lu oui, tu as raison ça ne colle pas.

Alma lui fit un signe de la main pour l'encourager à reprendre le fil de son intervention initiale.

- Alors quelle est ta nouvelle source ?
- Disons que je connais quelqu'un ou plutôt que je connais quelqu'un qui a le contact de quelqu'un.

Alma plissa les yeux, dubitative. Où Juliana voulait-elle en venir ? Sa phrase commençait comme une rumeur de lycéens.

- Enfin bref, cette personne a des livres qu'elle aimerait échanger et j'attends qu'elle me recontacte.

Alma repensa à ce qu'elle avait lu sur Internet *« Des groupes de pro-livres se les échangent pour alimenter des bibliothèques »*. Juliana venait de confirmer les dires de l'internaute du forum. Elle s'en voulait de ne pas y avoir penser avant, elle avait tellement été plongée dans les livres ces derniers jours qu'elle avait oublié ces précédentes recherches. Si Juliana pouvait contacter cette personne, cette dernière pourrait peut-être leur fournir des informations.

- Je suis désolée je n'avais pas repensé à cet échange. Mon interlocuteur devait revenir vers moi mais je n'ai pas eu de nouvelles.
- As-tu un moyen de le contacter ?
- Il faudrait que je demande à mon autre contact. Ça pourrait être long.
- Appelle-le maintenant ! ordonna Alma

Juliana rit face à l'enthousiasme d'Alma mais elle avait peur de la décevoir. Et si finalement cela tombait à l'eau ? Elles en seraient au même point mais comme la citation le dit « Qui ne tente rien n'a rien ». Juliana remonta dans son bureau, laissant Alma seule dans la bibliothèque.

13

Le contact de Juliana, autrement appelé l'invité, qui lui avait rendu visite le jour où Alma avait découvert la bibliothèque décrocha son MaxPro. Il avait pris soin de fermer la porte de la chambre où il se trouvait avant de répondre. Il ne voulait pas prendre le risque que qui que ce soit surprenne sa conversation. Il se doutait de l'objet de cet appel. Ils ne s'étaient pas parlé depuis une semaine, Juliana venait donc elle-même aux nouvelles. L'hologramme s'enclencha et il la découvrit dans son bureau du rez-de-chaussée.

- Salut, comment tu vas ?
- Bien et toi ? Tu ne devais pas être avec Alma ce soir ?
- Si si elle est en bas dans la bibliothèque. Je ne lui ai pas encore parlé de toi alors je suis montée pour t'appeler.

L'inconnu hocha la tête, logique, la discrétion était importante dans les échanges de livres alors autant qu'elle en sache le moins possible.

- J'imagine que tu viens me demander où j'en suis avec notre cher monsieur.
- Tu lis dans mes pensées dis donc.

- Malheureusement, je n'ai pas eu de nouvelles depuis que j'ai refusé qu'il vienne voir la bibliothèque.

Juliana soupira, certes l'échange était important mais elle avait besoin de rencontrer cette personne. Elle était certaine qu'il pourrait les aider.

- Bon nous allons procéder autrement. Relance-le sur notre offre. Si d'ici demain il ne répond pas, je le contacterai moi-même.
- Tu es sûre Juliana ? Tu ne rencontres jamais personne de toi-même, je croyais ?
- Cette fois-ci c'est différent, le coupa-t-elle.

Jusqu'à présent, Juliana n'avait jamais fait d'échanges elle-même. Elle travaillait toujours avec des personnes en qui elle avait confiance et qui le faisait pour elle. Elle ne voulait pas que qui que ce soit puisse la reconnaître. Elle n'avait aucune idée de ce que représentait exactement les livres pour ces gens, peut-être était-elle une des seules à posséder une bibliothèque aussi grande et belle. Ou bien peut-être qu'elle avait l'une des plus petites. Elle n'en savait rien mais ne voulait pas prendre le risque qu'on s'en prenne à elle ou à sa bibliothèque. C'était un héritage, elle y tenait plus qu'à elle-même. Parfois, elle avait l'impression de faire dans l'illégal, comme si les livres étaient aussi mal vu que la drogue, comme si elle était une sorte de baronne des livres. Mais d'autres fois, elle se disait qu'il n'était pas possible que les livres soient illégaux, pourquoi le seraient-il ? Ils ne faisaient aucun mal. Dans l'incertitude, il valait mieux rester prudente.

- Très bien, c'est comme tu voudras. Je te tiens au courant.

\- Merci, à bientôt.

Elle raccrocha et l'inconnu s'assit sur son lit. Il ne comprenait pas pourquoi cette fois-ci était différente, peut-être était-ce en rapport avec des recherches qu'elle faisait avec Alma. Il ne l'avait jamais aidé à comprendre pourquoi ces derniers avaient disparus. Il les laissait donc faire avec Alma et mieux valait qu'elle n'apprenne pas son existence, pour le moment, elle n'en avait pas besoin. Il ne savait donc pas ce qu'elles manigançaient et pourquoi Juliana allait enfreindre la règle qu'elle s'était elle-même fixée de ne jamais rencontrer les échangeurs en vrai. Il aurait pu s'y intéresser et les aider dans leurs recherches mais les échanges lui prenaient déjà du temps. Et puis, lui aussi avait une vie à mener.

14

Alma s'étira, elle avait tellement lu de livres qu'elle ne les comptait même plus. Elle se servit un verre d'eau, Juliana faisait toujours en sorte qu'elles aient à manger et à boire au cours de leurs recherches. Cela leur évitait de remonter, il fallait dire que le chemin était complexe. Elles ne faisaient donc jamais de pause hormis quelques pas dans la bibliothèque. Heureusement pour Alma, elle n'était pas claustrophobe et rester enfermée ne la dérangeait pas. Elle sourit en pensant que jamais sa sœur n'aurait tenu une heure dans cet endroit. Pourtant Alma se sentait ici comme chez elle, à l'aise et en sécurité.

Elle se leva pour se dégourdir les jambes. Chaque soir passé à écumer les livres, elle avait des fourmis et la sensation était des plus désagréables alors elle se forçait à marcher autour de la bibliothèque. Elle s'approcha de l'étagère la plus au fond de la pièce à gauche et effleura les livres de sa main. Elle aimait pouvoir les toucher et les sentir, elle était sûre que sa mère partagerait son avis. Elle aurait tellement aimé pouvoir emporter ne serait-ce qu'un livre avec elle. Elle en prit un au hasard, c'était un livre photo sur la Princesse Diana. Alma avait déjà entendu parler de la famille royale d'Angleterre mais surtout pour tous les joyaux qu'ils possédaient, elle ne s'était jamais intéressée aux membres de la famille. Peut-être serait-ce le prochain sujet pour lequel elle se passionnerait ?

Elle ouvrit le livre et une photographie en tomba.

- Merde, pesta-t-elle.

Elle pensa d'abord que c'était une photographie du livre, les photos comme celle-ci étaient rares.

La technologie avait apporté au monde une solution géniale pour les personnes qui aimaient les albums photos et pour celles qui ne savaient que faire des photos qu'elles prenaient avec anciennement leur téléphone portable et désormais avec le MaxPro. Il s'agissait d'album holographique, c'était une succession de photo mais que l'on pouvait diffuser en hologramme et donc que l'on pouvait emporter partout avec soit pour montrer à ses amis ou à sa famille. L'album pouvait se multiplier et tout le monde pouvait donc en profiter. C'était comme une galerie photo mais visionnable en grand en hologramme et partageable.

Alma se pencha pour ramasser la photo. Elle comprit rapidement que ce n'était pas une photo de Lady Diana mais de Juliana. Elle était plus jeune, très jeune même, Alma aurait dit qu'elle était plus jeune qu'elle actuellement. Elle était assise sur un canapé d'angle gris, derrière elle se trouvait un grand tableau blanc avec plein de taches de peinture multicolores, il ressemblait à celui qu'elle avait quand elle était petite mais qui s'était perdue dans le déménagement avant d'arriver dans la résidence. Juliana était vêtue d'une robe de chambre en soie beige et portait dans ses bras un bébé. Le bébé était enveloppé dans une couverture jaune pâle qui semblait tricotée à la main. Alma ignorait qu'elle avait un frère ou une sœur. Elle ne connaissait pas grand-chose sur Juliana. Elle ne savait même pas si elle avait encore de la famille, tout ce qu'elle savait c'est qu'elle vivait seule et qu'elle semblait heureuse comme ça.

La porte blindée de la bibliothèque claqua. Alma sursauta et remit en toute hâte la photo dans le livre et le reposa. Elle espérait que Juliana ne l'ait pas vu, si elle l'avait mis là c'était sûrement pour une raison et qu'Alma la trouve n'était sûrement pas prévu.

- C'est bon, fit Juliana levant son MaxPro pour signifier à Alma qu'elle avait contacté son interlocuteur.
- On va le rencontrer ?
- Mon contact va le relancer et s'il n'a pas de nouvelles demain, je prendrai les rênes.

Alma était déçue qu'elle ne les prenne pas maintenant, elle aurait bien aimé découvrir la vérité dès maintenant. Enfin, peut-être y avait-il un protocole ? Peut-être Juliana n'avait-elle pas le droit de contact l'interlocuteur directement ?

- Alma, tu es avec moi depuis 16h, tu peux rentrer chez toi si tu veux. On est officiellement en week-end tu dois avoir bien mieux à faire que de rester là un soir de plus.

Alma n'avait pas vraiment mieux à faire mais Juliana avait raison, elle avait passé toutes ses soirées ici, il était temps d'en passer une chez elle. Et puis les livres ne leur apportaient plus rien, il fallait désormais attendre la réponse du mystérieux interlocuteur.

15

Les parents d'Alma étaient inquiets, depuis la nuit où ils s'étaient disputés avec leur fille, ils ne l'avaient que très peu vu. Ils ne savaient pas si son attitude était due au fait qu'elle leur en voulait encore ou bien s'il y avait autre chose. Ils ne faisaient que l'apercevoir : le matin quand elle descendait prendre un café pendant qu'ils petit-déjeunaient et le soir quand eux rentraient du travail et qu'elle partait ils ne savaient où. En 22 ans, elle n'avait jamais agi de la sorte, elle qui était d'habitude si casanière. Son attitude avait également changé, elle aimait habituellement converser avec eux, elle était joyeuse et souriante. Ces derniers jours, elle n'avait été que distante et concentrée. C'était comme si elle réfléchissait sans cesse, le front froncé. Elle paraissait également de plus en plus fatiguée et cela commençait à les inquiéter. Ils ne savaient pas comment lui en parler, ils ne voulaient surtout pas la brusquer et la faire se renfermer davantage. Ils devaient y aller en douceur et choisir le bon moment. Ils auraient également aimé savoir où elle allait comme ça tous les soirs. Avait-elle quelqu'un ? Si oui qui cela pouvait-il bien être ? Lucas ? Non, elle leur disait chaque fois qu'elle allait chez lui et ce n'était pas le cas. Bizarre car elle ne prenait jamais la voiture, cela devait donc être un voisin. À moins qu'on ne vienne la chercher ? Ils se posaient énormément de questions et avaient besoin d'avoir des réponses.

La porte d'entrée se referma.

- Je suis là, cria Alma.

Sa mère était assise dans le canapé et son père dans la cuisine coupant des dès de fromages. Ils se jetèrent un coup d'œil, Alma n'avait pas l'air trop fatiguée et plutôt de bonne humeur, c'était le moment.

- Ma puce, l'interpella sa mère alors qu'elle gravissait les escaliers.
- Oui ?
- Est-ce que tu peux venir t'asseoir une seconde, s'il te plait ?
- Euh oui pourquoi ? J'ai fait quelque chose de mal ?
- Non bien sûr que non mais viens s'il te plait.

Sa voix se voulait douce et rassurante, elle marchait sur des œufs. Alma ne chercha pas à comprendre et obéit à sa mère. Son père arriva avec la planche de fromage.

- Tu veux un verre avec nous, tenta-t-il bien qu'il se doutât que la réponse serait non.
- Oui pourquoi pas !

Ils se regardèrent plein d'incompréhension. Le jour même où ils avaient décidé de lui parler de son comportement, elle en changeait. Ils étaient désarçonnés, ils devaient changer de tactique. Son père revint avec 3 verres de vins, ils trinquèrent.

- Vous vouliez me parler, questionna-t-elle.
- Oui c'est-à-dire que, commença son père.
- On voulait juste savoir comment s'était passé ta semaine ! finit sa mère.

S'ils lui parlaient comme prévu, elle se serait braquée, il fallait tourner ça sous forme de questions et non de reproches. Alma était perplexe, elle trouvait que sa mère avait pris un ton plutôt dramatique quand elle lui avait demandé de s'asseoir, bien trop dramatique pour une question pareille. Elle n'était pas bête, elle savait que ses parents avaient remarqué son comportement distant. Elle était absente depuis près d'une semaine et n'avait qu'une chose en tête : les livres. Elle ne pouvait cependant rien leur révéler. Que diraient-ils s'ils apprenaient qu'elle passait ses soirées chez Juliana. Elle n'aimait pas mentir mais elle était forcée de le faire. Ils ne comprendraient pas.

- Ça va, épuisante pour tout vous avouer. J'ai beaucoup de travail en ce moment.
- Oui nous avons remarqué tu as l'air épuisée cette semaine.
- C'est sûr bah vous savez de travailler en distanciel la journée et chez Margaux le soir c'est compliqué.
- Chez Margaux ? demanda son père.
- Oui vous savez je vous en avais parlé, c'est mon amie de l'université. Vous ne vous souvenez pas ?
- Si ça me revient, c'est celle avec qui tu vas en cours en présentiel parfois c'est ça ?
- Oui ! C'est elle ! Elle pourrait venir manger un jour, vous feriez sa connaissance.
- Oui bien sûr avec plaisir.

Alma ne s'en vantait pas mais elle était plutôt bonne menteuse. Ses parents étaient complétement tombés dans le panneau et ça l'arrangeait bien. De cette manière, ils étaient rassurés et elle ne mettait pas en danger ses plans avec Juliana. Elle se promit intérieurement de faire des efforts avec eux pour qu'ils ne s'inquiètent pas et donc qu'ils ne soient pas sur son dos.

Le reste de l'apéritif se déroula bien, Alma sentait ses parents soulagés et cela lui faisait plaisir. Elle ne désirait pas qu'ils pensent qu'elle n'était plus bien ici et qu'elle avait de la rancœur envers eux. Elle finissait son verre quand la sonnette retentit. Elle questionna ses parents du regard.

- Vous attendez quelqu'un ? demanda-t-elle.
- Non et toi ?
- Non plus.

Son père se leva pour aller ouvrir. Il était 20h un vendredi soir, qui pouvait bien venir les déranger.

- Oh Lucas bonsoir comment vas-tu ? Entre.

Lucas passa la porte. Il était grand, brun avec les yeux verts et la peau mate. Lucas était un garçon charmant, beau et intelligent, les parents d'Alma avaient toujours pensé qu'ils finiraient ensemble. Mais ce n'était apparemment pas le cas. Ils étaient simplement amis.

- Salut bah qu'est-ce que tu fais là ? l'interrogea Alma.
- Bah je viens te chercher. Tu sais tu m'avais promis que tu m'accompagnerais à la soirée.

À la tête que fit sa fille, sa mère comprit qu'elle avait complétement oublié cette soirée. La connaissant, elle était sûre qu'elle n'avait jamais vraiment prévu d'y aller. Elle sourit. Lucas était son meilleur allié, elle qui voulait toujours pousser sa fille à sortir davantage et à rencontrer de nouvelles personnes. Elle considérait qu'il était important d'avoir des amis et de rencontrer des gens, c'était grâce à eux qu'on vivait des expériences, qu'on grandissait, qu'on vivait. Lucas avait bien fait de venir directement sinon Alma n'y serait jamais allée.

- Mais je...
- Vas-y, l'encouragea son père, après la semaine que tu as passée, une petite soirée ne pourra pas te faire de mal. Amuse-toi un peu.

Elle sourit à son père et foudroya Lucas du regard, il l'avait fait exprès. Maintenant elle était au pied du mur.

- Je ne suis pas prête.
- Ne t'inquiète pas, je me doutais que tu ne le serais pas donc je suis venu plus tôt. Je te laisse 30min pour te préparer et je reviens ! 30 minutes vont te suffire non ?
- Oui totalement, dit-elle en serrant les dents.

Lucas s'apprêtait à partir quand le père d'Alma la retînt.

- Tu peux boire un verre avec nous si tu veux en attendant.
- Je ne veux pas vous déranger, j'habite à côté je peux repasser.
- Mais tu ne nous déranges pas enfin ! dit sa mère.
- Bon, si vous insistez.

Alma était debout dans l'entrée à regarder la scène. Elle n'avait aucune envie d'aller à cette soirée.

- Dépêche-toi, lui dit sa mère avec un clin d'œil, tu vas être en retard.

Là-haut Charlotte n'avait pas perdu une miette de la conversation. Elle suivit sa sœur dans sa chambre.

- Qu'est-ce que tu fais là Charlie ?
- Je viens t'aider. Tu ne vas jamais en soirée alors celle-ci a intérêt à être mémorable. Et qui dit soirée mémorable, dit tenue incroyable.

16

Alma s'était laissé faire, sa sœur s'y connaissait bien mieux qu'elle en soirée. Et étant donné qu'elle était forcée d'y aller, autant qu'elle y aille à fond. Elles s'étaient aidées du MaxPro pour choisir la tenue d'Alma, avec l'option « dressing » plus besoin de passer des heures à enfiler et enlever des vêtements. Il suffisait de se mettre debout et vous pouviez essayer toute votre garde-robe juste en regardant votre hologramme. Pour utiliser cette option, il suffisait de scanner tous ses vêtements et de créer une collection. Charlotte avait prêté son MaxPro à Alma. En effet, cette dernière n'avait rien dans sa garde-robe qui faisait soirée, enfin plutôt qui faisait soirée d'après Charlie. Quand elles furent enfin d'accord sur une robe noire en voile avec des manches en volant et des talons carrés en faux daim noirs, Alma se hâta d'aller se doucher. Sa sœur avait essayé de lui faire mettre des vêtements plus extravagants et colorés, en vain. Elle qui avait l'habitude de porter des vêtements confortables pour rester chez elle, une robe et des talons étaient déjà bien assez pour elle. Il ne lui restait plus que vingt minutes pour se doucher, se maquiller et se coiffer, la tâche n'allait pas être facile mais avec l'aide de Charlie elle pourrait y arriver.

Avec exactement sept minutes de retard, Alma descendit les escaliers.

- Waouh, souffla Lucas sans pouvoir s'en empêcher.

Depuis 18 ans qu'ils se connaissaient avec Alma, il ne l'avait que très rarement vu aussi apprêtée. Ses cheveux noirs avaient été bouclés, elle s'était maquillée et avait même mis un rouge à lèvres rouge mat. Il reconnaissait bien la patte de Charlie qui avait dû convaincre sa sœur de la laisser la coiffer et de mettre du rouge à lèvres.

- Tu es magnifique ma chérie, s'exclama sa mère en se levant pour lui faire un bisou.

Lucas et Alma saluèrent les parents de cette dernière. Avant de refermer la porte d'entrée, Alma jeta un coup d'œil à sa sœur qui se trouvait dans les escaliers et lui murmura un énième remerciement.

- Je te déteste Lucas ! proclama-t-elle une fois qu'il était sur la route.

Il lui jeta un coup d'œil.

- Arrête Alma si je n'étais pas venu te chercher tu m'aurais encore une fois planté.
- Non pas du tout.

Il souffla.

- Bon oui c'est vrai que je ne serais peut-être...

Il la regarda.

- Certainement...pas venue, termina-t-elle. Mais tu sais que je n'aime pas ça.
- Alma je te demande pas de sortir toutes les semaines mais ça me fait plaisir que tu viennes, on ne se voit pratiquement plus..., regretta-t-il.

Alma eut du mal à déglutir, Lucas avait raison. Elle ne faisait jamais vraiment d'efforts pour le voir, elle préférait quand ils n'étaient que tous les deux. Lucas avait une vie sociale, contrairement à elle, il allait pratiquement toujours en cours en présentiel, avait d'autres amis, des soirées, des sorties. Et elle n'avait rien de tout ça. Il essayait pourtant de l'intégrer à ses amis et elle devait avouer que le peu de fois où elle était sortie avec eux elle s'était bien amusée. Mais pour autant, sortir la stressait et même si elle savait qu'elle allait passer un bon moment, elle préférait rester chez elle. Lucas le comprenait bien et n'insistait jamais, pourtant il avait l'impression de perdre sa meilleure amie, comme si elle se renfermait de plus en plus sur elle-même.

Alma n'aimait pas quand ils étaient fâchés. Elle ne connaissait que lui à la soirée. Comment allait-elle faire s'il ne lui parlait pas ? Elle allait se retrouver seule sans personne, elle devrait aller parler aux autres d'elle-même. Impossible. L'idée même la fit paniquer, elle n'aurait jamais dû venir. Lucas qui ne la connaissait que trop bien vit son inconfort et céda.

-     Tu veux que je te ramène chez toi ?

Elle quitta le paysage des yeux pour le regarder. Elle n'avait jamais rien envisagé avec Lucas mais là, à cet instant précis elle le trouvait particulièrement beau. Elle ne voulait pas le perdre, pas son meilleur ami, le seul qui la comprenait et qui acceptait son côté introverti, le seul qui ne la laissait jamais tomber alors qu'elle l'avait déjà fait maintes et maintes fois.

-     Non ça va.

Elle lui sourit timidement. Le visage de Lucas s'illumina, il sourit de toutes ses dents. Alma pensa que cela faisait bien longtemps qu'elle ne l'avait pas vu sourire autant. Le voir heureux l'apaisa, tout allait bien se passer.

Ils arrivèrent dans une autre résidence privée, similaire à celle dans laquelle ils vivaient. Lucas connaissait le code du portail et n'eut pas besoin de sonner à l'interphone pour que son ami lui ouvre. Il n'était pas difficile de comprendre dans quelle maison se déroulait la soirée, le nombre de voitures garées devant et la musique qui s'en échappait étaient des indices plus que probants.

Elle sortit de la voiture et regarda la maison en face d'elle, Lucas se posta à sa gauche.

- Tu es très belle tu sais.
- Ah euh, merci, balbutia-t-elle. Toi aussi tu es très beau.

Elle se sentit rougir. Elle le connaissait depuis toujours mais n'avait jamais été gênée de cette manière.

- On y va ? lui dit-il en lui tendant le bras pour qu'elle s'y tienne.

Elle prit son bras, ce qui lui permit d'être plus stable pour avancer dans le chemin de graviers et atteindre la porte d'entrée. Alma pria intérieurement pour qu'il n'y ait pas trop de monde. Un garçon aux cheveux blonds et un verre à la main leur ouvrit la porte.

- Salut mec !

Il fit une accolade à Lucas avant de saluer Alma et de leur faire signe d'entrer. La maison était spacieuse. D'après ce qu'Alma constatait certains meubles avaient été déplacés pour laisser de la place au milieu du salon. De la décoration avait aussi dû être enlevée car les meubles étaient nus. À moins que ces gens aiment la décoration très très épurée. Lucas apporta une bière à Alma. Très observatrice, elle préférait analyser toute la situation avant de faire quoi que ce soit. Lucas, lui, connaissait du monde c'était simple pour lui de bien s'intégrer. Heureusement pour Alma il n'y avait pas grand monde, elle comptait une dizaine de personnes, même si les invités n'étaient pas tous arrivés elle doutait qu'ils finissent à 50.

La soirée battait son plein. Alma s'était détendue et parlait même avec d'autres personnes que Lucas, la bière l'avait bien aidée. Elle n'osait pas l'avouer mais elle s'amusait plutôt bien. Ils étaient désormais une vingtaine. La musique résonnait dans toutes les pièces de la maison grâce au MaxPro et aux enceintes qui y étaient connectées. Des lumières disco rouge, verte et bleu éclairaient le salon, certains jouaient avec le MaxPro de l'hôte pour faire accélérer ou diminuer le rythme de ces dernières. Alma aurait trouvé cela insupportable en temps normal mais dans son état euphorique actuel elle trouvait ça amusant. Elle dansait avec Lucas quand elle lança un sujet qu'elle n'aurait jamais dû aborder.

17.

L'homme était seul chez lui. Sa femme était partie rendre visite à leur fille sur la côte. Pourquoi était-elle partie là-bas ? Maintenant c'était à eux de se déplacer pour l'aider, elle ne pouvait pas rester dans la même ville ? Le mari de leur fille était en voyage d'affaires pour plusieurs jours et elle avait appelé sa mère à la rescousse pour l'aider avec ses enfants. La petite dernière ayant à peine quelques semaines, elle avait dû se rendre à l'évidence, elle n'arriverait pas à gérer ses deux petits.

Mais lui qui allait s'en occuper ? 45 ans que sa femme et lui étaient mariés et ils n'avaient jamais été séparés si longtemps. Cela le rendait bougon. Cinq jours qu'elle était partie déjà et elle ne revenait qu'au début de la semaine suivante. Encore donc un week-end à passer seul. Il avait déjà fini tous les repas qu'elle lui avait préparés. Il devait donc se débrouiller seul, ce qui le rendait encore plus bougon.

Il regardait la rue depuis son appartement du 16ème étage du centre-ville. Des express fonctionnaient toujours à cette heure-ci avec une intervalle de dix minutes. D'où il était, il n'entendait rien, à vrai dire même s'il avait été dans la rue, le silence aurait était pratiquement le même. La révolution de l'électrique était pour lui, qui détestait le bruit, la meilleure chose qui ait été depuis le siècle dernier. Voitures, trains tout était électrique ou même magnétique donc sans bruit, enfin ne persistait qu'un léger vrombissement à peine perceptible. Il aimait le calme de la nuit, moins de voitures, moins de piétons et surtout plus d'hologrammes publicitaires. Ils étaient interdits la nuit. D'ici, il pouvait tout observer et analyser. La journée l'observation était bien trop compliquée, il y avait trop d'informations et à son âge, il n'avait plus l'œil aussi vif qu'avant. Son appartement donnait sur une rue principale mais ce qui l'intéressait vraiment était la boutique d'audiostes au coin de la rue. C'est là qu'il repérait ses potentiels contacts, c'est là qu'il avait rencontré son interlocuteur intéressé par ses doubles de la Pléiade.

Cela faisait d'ailleurs une semaine qu'il avait refusé sa demande de faire l'échange de livres chez la femme à la bibliothèque. Grognon parce que sa femme était partie, il l'était encore plus qu'on lui ait refusé cela. Lui qui avait un trésor de culture à échanger.

Il avait eu ses livres par son grand-père, passionné de littérature. Son père à lui s'en fichait, il l'avait laissé reprendre les livres mais ne voulait pas en entendre parler. La Pléiade, lui avait expliqué son grand-père étaient de beaux livres de classiques qui coûtaient déjà à l'époque une soixantaine d'euros. Il n'avait aucune idée de ce qu'une soixantaine d'euros représentait car c'était une ancienne monnaie. Mais d'après son grand-père, c'était cher. Leur valeur actuelle devait donc être considérable. Alors pourquoi cette femme ne voulait pas qu'il voit sa bibliothèque ? Elle prenait le risque de passer à côté d'une superbe affaire.

Ils acceptaient tout ce qu'il voulait sauf de voir la bibliothèque pour raison de confidentialité, sécurité ou autre excuse de la sorte. Il avait passé la semaine à réfléchir, lui aussi y gagnait avec cet échange. L'annuler lui ferait perdre autant qu'à eux. Il avait été relancé par son contact plus tôt dans la journée et avait réfléchi toute la soirée à sa réponse. Résigné, il décida d'accepter l'échange mais à une condition. Cela devait se faire maintenant. Autant profiter que sa femme ne soit pas là pour proposer à ces gens de faire l'échange chez lui. Sa bibliothèque n'était pas là où il vivait alors cela lui importait peu qu'ils viennent à son domicile. Il envoya un message à son contact passant par le numéro privé, un seul MaxPro pouvait faire fonctionner plusieurs numéros, cela était pratique pour les professionnels par exemple. Un seul appareil mais deux téléphones dedans. Il s'était donc créé un numéro qui lui servait pour les échanges de livres.

En attendant la réponse, il se prit un whisky sec et s'assit dans son fauteuil pour regarder la nuit. Il faillit s'endormir quand son MaxPro lu un message à voix haute. Cette option était une vraie aide pour lui qui oubliait sans cesse de lire ses messages.

-    Bonsoir, nous sommes d'accord pour ce soir, je vous laisse nous transmettre l'adresse.

« Répondre au message » annonça l'homme de sa voix grave. Il donna l'adresse sans rien ajouter de plus. Il était 23h12, il paria avec lui-même qu'ils seraient là pour minuit.

18

- Tu veux entendre un secret ? murmura Alma à l'oreille de Lucas.

La musique était forte mais Lucas avait pu entendre ce qu'Alma lui disait. Il ne l'avait pas vu aussi joyeuse et euphorique depuis des années. Il lui sourit.

- Non dis-moi, dit-il en riant.

Lui aussi avait un peu bu mais bien plus habitué qu'elle, il était bien moins pompette. Il lui fallait plus que quelques bières pour être dans le même état qu'Alma. Elle le regarda dans les yeux, ils pétillaient comme si tout l'alcool qu'elle avait bu était monté dans ses pupilles.

- J'ai découvert des livres.

Elle sourit malicieusement comme une enfant qui aurait dérobé des bonbons.

- Quoi ? il crut ne pas avoir bien entendu ce qu'elle lui disait.
- J'ai découvert des livres, répéta-t-elle un peu plus fort.

Lucas fit les yeux ronds. Il la tira dehors et la fit s'asseoir sur une chaise de jardin un peu plus loin des autres.

- Alma, qu'est-ce que tu racontes, tu es complétement bourrée.

Il regarda autour de lui.

- Attends, je reviens.

Il lui rapporta un grand verre d'eau. Elle ne contesta pas et le bu d'une traite. Cela ne la coupa pas pour autant dans son élan et elle poursuivit son histoire.

- En fait, j'ai commencé à m'intéresser aux livres et tu devineras jamais, elle baissa la voix, Juliana, la voisine, bah elle a une bibliothèque.
- Alma je suis pas sûr que...
- Mais je t'assuuure que c'est vrai ! insista-t-elle.

Lucas se prit la tête entre les mains.

- T'es sûre que tu avais le droit d'en parler ?

Alma fit un O avec sa bouche et plaqua ses mains sur celle-ci.

- Tu vas rien dire hein ? Mais tu sais on fait des recherches et on doit même rencontrer quelqu'un qui va nous aider et nous échanger des livres et même que..

Lucas la leva pour l'emmener plus loin dans le jardin de sorte qu'aucune oreille indiscrète ne puisse ne serait-ce que distinguer ce qu'ils disaient.

- Alma tais-toi bon sang, tu ne dois en parler à personne. Tu te rends compte.

Alma grimaça, elle se sentait tout à coup nauséeuse. Elle fit signe à Lucas que ça n'allait pas. Il eut à peine le temps de lui tenir les cheveux qu'elle se pencha en avant pour vomir. Elle n'aurait jamais dû boire autant, elle buvait de temps à autre avec ses parents mais n'était pas accoutumée aux soirées telles que celle-ci. Elle avait trop bu, trop vite et avec presque rien dans le ventre, il ne fallait pas être Einstein pour savoir que ça ne faisait pas bon ménage.

- Attends bouge pas je vais te chercher de l'eau et des mouchoirs, dit-il quand elle eut fini.

19

Juliana avait revêtu un ensemble de soie bleu nuit avant de s'installer devant un film avec un plateau de fruits de mer. Elle n'avait pas eu une soirée calme depuis qu'elle avait tout révélé à Alma. Dès que cette dernière était partie, elle s'était motivée à aller faire quelques courses à la résidence commerciale la plus proche, à même pas cinq minutes de voiture. Elle y serait bien allée à pied mais comme elle ne savait pas ce qu'elle allait acheter, elle n'avait pas pris le risque de devoir porter un lourd sac de courses pendant quinze à vingt minutes. Elle avait aperçu les crevettes et les bulots sur l'étal du poissonnier et avait tout de suite su que c'était ça qu'il lui fallait pour sa soirée : des fruits de mer. Crevettes roses, crevettes grises, bulots, saumon et œufs de lompe, elle s'était fait plaisir. En rentrant, elle avait fait elle-même sa mayonnaise, quoi de mieux qu'une bonne mayonnaise maison pour accompagner un plateau de fruits de mer. Puis, elle était montée prendre un bain.

« I don't want kids
I want money
Money can bring me happiness
Kids will bling debts »

Sa musique préférée retentissait sur l'enceinte de son MaxPro. Les soirées comme celle-ci lui faisait adorer le fait d'être seule, pouvoir écouter ses envies quand elle le souhaitait, quel bonheur. Elle avait finalement pu s'installer dans son canapé avec ses fruits de mer et son vin blanc à 20h30 devant un film qu'elle avait choisi. Pas besoin de faire de concession, quand on est seule on regarde ce qu'on veut et on peut commenter sans que personne ne soit énervé.

Son film fini, elle débarrassa et rangea absolument tout. Même fatiguée, elle prenait toujours le temps de laver et de ranger. Elle détestait que le moindre petit objet traîne ou ne soit pas à sa place. Ses rares amis l'appelait « Véra Drestrella », c'était une héroïne de série connue pour être très maniaque et perfectionniste.

Fatiguée, elle monta dans sa chambre. Habituellement, elle aurait pris un livre pour s'endormir mais elle en lisait tellement depuis une semaine avec Alma que ce n'était même plus un plaisir. À peine les yeux fermés, son MaxPro sonna. Elle soupira, qui que ça puisse être, il pourrait attendre demain. Elle avait eu une semaine harassante entre son travail et ses soirées avec Alma. Elle voulait juste se reposer.

Juliana comme beaucoup le pensait ne passait pas ses journées à ne rien faire. Elle était aisée, cela se voyait à sa maison et l'entretien impeccable de son jardin, à sa voiture dernier cri et ses tenues toutes plus élégantes les unes que les autres. Certains voisins disaient qu'elle avait eu cet argent d'un héritage, d'autres qu'elle devait faire du trafic. Mais Juliana n'écoutait pas les rumeurs, à quoi bon, aucune de ces rumeurs n'étaient vraies alors ils pouvaient bien penser ce qu'ils voulaient.

Si la seule activité un tant soit peu intéressante de leur vie était de lui en inventer une, qu'ils le fassent.

Juliana travaillait pour une entreprise de développement de jardins et parcs. Elle n'était pas paysagiste, loin de là. Renouvellement de l'air, évacuation du carbone, réutilisation des déchets, amélioration et développement de nouvelles technologies c'étaient ça ses missions. Elle était co-présidente de l'entreprise, c'était une des plus grosses entreprises de parcs et jardins de la ville. Elle s'occupait de ceux de trois quarts des immeubles de la ville. Le reste était géré par de plus petites entreprises. Ce domaine avait crû depuis les dernières années. L'entreprise à l'origine gérait tous types de parcs et jardins : dans les universités, dans la ville, dans les immeubles. Avec tout le travail qu'ils avaient, ils avaient dû se consacrer sur un domaine en particulier. Les jardins d'immeubles avaient été leur choix. Et il s'était avéré être excellent car il avait permis à l'entreprise de grandir davantage. Un immeuble à lui seul était composé de trois jardins alors multiplié par le nombre d'immeubles dans la ville, cela en faisait du travail.

Juliana malgré son titre de co-présidente, dont peu de gens étaient au courant, non pas que cela soit un secret d'état elle avait voulu rester discrète sur ce point, avait gardé son poste de responsable du service développement. Elle avait sous ses ordres une douzaine de personnes. Elle avait investi dans l'entreprise il y avait de ça dix ans, ce qui lui donnait le pouvoir de prendre des décisions et de gagner donc plus d'argent grâce aux bénéfices réguliers que faisait l'entreprise. Elle travaillait en étroite relation avec la ville, les entreprises immobilières et cabinets d'architecture. La plupart du temps elle travaillait de chez elle, elle s'était aménagé un grand bureau au rez-de-chaussée avec vue sur le golf. Cela lui donnait l'impression d'être cheffe d'entreprise. Son bureau à la ville n'était pas si mal non plus, au dernier étage en plein centre. Sachant qu'elle n'y serait jamais, elle avait autorisé un de ses collègues à s'y installer, pour son plus grand bonheur. Lui qui avait des ados en distanciel à la maison, il préférait largement aller au bureau. Elle, se sentait mieux chez elle et puis avec le MaxPro cela ne changeait rien pour ses employés. S'il voulait la voir, il sonnait et leur hologramme apparaissait comme s'il venait d'entrer dans son bureau à l'entreprise. Elle se rendait régulièrement dans différents immeubles et sur les chantiers en cours pour vérifier que tout ait bien été mis en place. Un tuyau mal réglé et c'était l'asphyxie générale. Elle n'avait pas envie d'avoir la mort de dizaine de personnes sur les bras alors elle était particulièrement rigoureuse. Tout devait être en ordre comme chaque pièce d'un puzzle, une mal placée et c'était tout une image qui était déformée. Juliana travaillait dur mais elle aimait son métier, elle se sentait utile.

Alors non, quoi qu'on en dise, sa fortune ne sortait pas de nulle part. Elle avait travaillé pour et l'avait bien méritée.

Son MaxPro sonna une deuxième fois. Elle se redressa sur son lit, poussa un long soupir et regarda qui la dérangeait à cette heure-ci.

- Qu'est-ce qu'il se passe de si urgent à cette heure-ci ? dit-elle sans ménagement en décrochant.

Elle n'avait pas pris la peine de mettre l'hologramme. Son interlocuteur ne l'avait pas fait et elle n'avait pas une tête qu'elle considérait comme présentable. En vérité, elle était bien plus présentable à cette heure dans son lit, que la plupart des personnes qui partaient de chez elles le matin.

- L'échange doit se faire maintenant.
- Quoi ? Mais je ne comprends pas.

Elle regarda son MaxPro pour vérifier l'heure. S'était-elle endormie sans s'en rendre compte ? Était-ce déjà le matin ? 23h24, non elle n'avait pas rêvé. Cet homme était complétement barré, qui voulait échanger des livres maintenant ?

- C'est maintenant ou jamais, j'ai l'adresse je te l'envoie.
- Ok Ok, elle reprenait doucement ses esprits, je dois passer prendre Alma, il faut qu'on pose des questions à ce très cher monsieur.
- Ne t'inquiète pas pour elle, elle est avec moi...

20

Lucas prit congé de ses amis en prétextant qu'Alma n'allait pas bien et qu'il devait la ramener. Ce n'était pas complétement faux mais il ne pouvait se permettre de dire l'entière vérité. Il l'aida à s'installer à l'avant de la voiture et prit le volant.

-   On rentre vraiment ? déplora Alma alors que la voiture filait sans bruit dans la nuit.

Lucas était concentré sur la route et ne lui répondit pas. Même s'il se sentait pleinement apte à conduire, il était peu probable que le test anti-alcoolémie en dise autant. Sa voiture avait bien sûr un pilotage automatique et il n'aurait pas de sanction en cas de contrôle mais cela était tout de même mal vu.

Il avait fallu pratiquement un siècle pour développer les voitures qu'ils avaient aujourd'hui. Il avait également fallu du temps pour que le gouvernement de l'époque avoue que les technologies de pilotage automatique développées étaient désormais bien moins risquées que de laisser les gens conduire. Une loi était alors passée pour autoriser pleinement cette option. Les citoyens avaient le choix de conduire en manuel ou en pilote automatique. Lucas et Alma, l'un comme l'autre, conduisaient habituellement en manuel mais au vu de son état Lucas avait trouvé plus judicieux de le mettre en marche. Pilote automatique activé, il pouvait se faire contrôler mais pas sanctionner pour usage d'alcool.

De là où était la soirée il y avait une bonne demi-heure pour rejoindre l'adresse. Alma avait la tête appuyée contre la vitre et dormait à moitié. Elle se redressa quand elle vit les lumières de la ville se rapprocher.

- On va en ville ? demanda-t-elle mi-excitée mi-perdue.

Une nouvelle fois il ne prit pas la peine de répondre. La question était rhétorique, il était clair qu'ils allaient en ville. Juliana était déjà arrivée, Lucas reconnut son SUV noir garé dans la rue perpendiculaire à l'adresse où il devait se rendre. Il trouva une place deux voitures plus loin.

- Bon Lucas tu peux me dire ce qu'on fait là ? supplia-t-elle quand il arrêta la voiture.

Elle était agacée de ne pas avoir de réponses à ses questions. Elle était fatiguée, elle voulait rentrer.

- Tu vas le découvrir dans quelques secondes.

Il descendit de la voiture en l'invitant à faire de même. Elle fléchit un peu en sortant mais se rattrapa à la portière. Elle se reprochait d'avoir autant bu, elle sentait le mal de tête arriver et savait d'avance que le lendemain ne serait pas glorieux. Au moins, vomir lui avait fait du bien.

- Qu'est-ce qui lui arrive ? s'enquit Juliana en se rapprochant alors qu'elle avait vu Alma chavirer.
- Rien de grave, on était en soirée on ne s'attendait pas vraiment à être appelés.
- Et toi ça va ?
- Oui j'ai bu mais je tiens bien mieux qu'elle.

Alma marchait plus lentement derrière, se concentrant pour ne pas trébucher avec ses talons. Arrivée à leur niveau, elle leva la tête. Un silence de quelques secondes s'installa, elle se frotta les yeux et les regarda tour à tour.

- Je... elle leva la main en signe d'incompréhension, comment... tous les deux...
- C'est une longue histoire, résuma Lucas.

Elle se frotta de nouveau les yeux. Était-elle en train de rêver ? Qu'est-ce que c'était que cette mascarade ? Depuis quand Lucas et Juliana se connaissaient ? Enfin ils se connaissaient depuis toujours vu qu'ils étaient voisins mais pourquoi se rejoignaient-ils dans la nuit ? C'était ça la grande question.

- Alma, je sais que ça va faire beaucoup d'informations mais là on va rencontrer le monsieur pour l'échange, tu te souviens ?

Elle parlait doucement et articulait les mots comme si Alma était dans une bulle.

- Juliana, elle est juste bourrée, elle n'a pas 3 ans, dit Lucas en riant.
- Je ne comprends pas, s'énerva Alma au plus grand désarroi de tous. Ok vous faites des cachotteries, grand bien vous fasse, mais qu'est-ce que Lucas a à voir avec l'échange ? Ce n'était pas censé être confidentiel tout ça ?
- On t'expliquera tout plus tard promis mais tout ce que tu dois savoir tout de suite c'est que Lucas m'aide avec les échanges.
- Ok.

Juliana et Lucas se regardèrent mal à l'aise, ils lui avaient tous les deux menti et il était légitime qu'elle leur en veuille. Surtout à lui son meilleur ami. Lucas se retourna vers elle et lui prit les mains.

- Je suis désolé de t'avoir menti, promis je répondrai à toutes tes questions. L'échange est très important, Juliana voulait que tu sois là parce que vous devez poser des questions à notre contact. Je comprendrais, nous comprendrions, rectifia-t-il, que tu ne veuilles plus être mêlée à tout ça et que tu préfères rester dans la voiture. Mais je pense que toi aussi tu attends ces réponses avec impatience alors...

- Allons faire cet échange, le coupa-t-elle en se dégageant.

Lucas prit le petit carton qui se trouvait dans le coffre de Juliana et le trio se dirigea vers l'entrée de l'immeuble. C'était un grand immeuble comme on n'en voyait partout en ville, il n'avait rien de différenciant. Juliana sentait comme une boule dans son ventre, le stress commençait à monter. Ils savaient juste qu'ils rencontraient un homme, ils n'avaient aucune idée de son âge. Contrairement à d'habitude c'était l'homme qui était entré en contact avec Lucas et non l'inverse alors il n'avait pas pu vérifier sa fiabilité aussi précisément qu'avec les autres contacts.

Juliana regarda Alma et Lucas qui marchaient devant elle, elle ne voulait pas les mettre en danger, et si le contact était un homme vil et psychopathe ? Elle s'imaginait les pires

114

scénarios. Lucas sonna et la porte s'ouvrit presque instantanément. Il était trop tard.

21

L'homme les avait observés par la vitre du salon, il était minuit comme il l'avait prédit. Ils étaient trois. Lui non plus ne savait pas à quoi s'attendre, peut-être allaient-ils l'attaquer et lui soutirer des informations pour accéder aux livres et les piller. Les voyant arrivés, il était directement aller ouvrir et moins d'une minute après, ces invités sonnaient à la porte d'entrée. Il avait décidé d'attendre quelques secondes avant d'ouvrir. Il ne fallait pas qu'ils sachent qu'il attendait derrière la porte.

- Bonsoir.

Ils avaient parlé doucement, presque chuchoté, comme s'ils ne voulaient pas réveiller quelqu'un.

- Entrez, je vous en prie.

L'homme leur indiqua le salon au bout du couloir. Il les fit passer devant lui pour pouvoir mieux les observer. Le garçon était rentré en premier, il était grand et imposant, c'était lui qu'il avait contacté. Il avait eu son contact par un autre échangeur de livre qu'il connaissait bien et qui lui avait dit que c'étaient des personnes de confiance. Mais l'homme ne faisait confiance à personne. La femme plus âgée était mince et élancée, elle portait une longue robe rouge fluide et des talons aiguilles noires. La marche se terminait par une femme plus petite qui ne marchait pas très droit et était bien moins à l'aise avec des talons carrés que la grande dame en talons aiguilles. Des effluves d'alcool se dégageait d'elle, il grimaça, elle n'avait pas intérêt à vomir sur le tapis du salon. Le garçon posa sur la table du salon le carton qu'il portait.

- Ce sont les livres j'imagine, dit l'homme en s'approchant.
- Oui vous pouvez les prendre si vous voulez, lui indiqua la femme aux talons aiguilles.

Il sortit les livres un à un. Il y en avait douze au total. Un mélange de genres, d'auteurs, de pays, tout ce qu'il avait demandé. Il était passionné par les livres et les trouvait simplement magnifiques. Leur toucher, leur odeur, cela réveillait en lui un sentiment d'exaltation, comme les premières gouttes d'un verre de vin à un ancien alcoolique. Il avait vraiment besoin de cet échange. Il avait décidé de laisser en héritage à sa fille la plus grande bibliothèque qu'il n'est jamais vu de son vivant. C'est pour cela qu'il voulait absolument voir la bibliothèque de cette femme, c'était simplement une histoire d'égo.

- Peut-on voir les vôtres ? demanda calmement Juliana.

Ils n'avaient rien dit depuis plusieurs minutes, il appréciait qu'ils lui aient laissé ce moment.

- Oui bien sûr.

Le fait de voir les livres l'avait détendu et adouci. Il s'absenta pour aller chercher les quatre livres de la Pléiade qu'il avait pour eux : Proust, À la recherche du temps perdu, Baudelaire, œuvres complètes qui contenaient le fabuleux recueil des

Fleurs du Mal, Tolstoï La Guerre et la Paix et L'île mystérieuse de Jules Verne dans la collection des voyages extraordinaires. Il les avait bien dans une belle boîte bleu nuit. Il savait à quel point ces livres étaient précieux et il espérait qu'ils s'en rendraient également compte. Il posa la boîte à côté du carton sur la table et retira le couvercle.

Juliana n'avait jamais possédé un seul livre de la Pléiade mais elle connaissait leur valeur. Elle savait qu'ils étaient rangés par code couleur suivant les époques. Leur fabrication répondait à une charte rigoureuse et précise, tous façonnés de la même taille avec le même papier et le même grammage. Rien n'avait été fait au hasard c'est ce qui faisait leur prestige. Avec minutie, elle les prit un à un. Les ouvrages étaient cossus avec leur couverture épaisse et ils sentaient le renfermé. Ils n'avaient pas dû voir le jour depuis un bon moment mais avaient été très bien conservés. Aucune dorure ne s'était effritée, aucune couleur n'était passée, aucune page n'était abîmée. Chaque œuvre avait son petit marque page doré en tissu. Il n'y avait rien à dire, ils étaient parfaits.

- Donc comme ça vous avez une grande bibliothèque ? déclara l'homme au bout d'un moment.
- En effet, peu de personnes y ont accès vous savez.
- C'est ce que j'ai cru comprendre.

Juliana reposa le livre et observa discrètement l'appartement.

- C'est bon pour vous ?
- De quoi ?

118

Elle eut un sursaut comme prise sur le fait.

- Les livres, répondit-il dans l'incompréhension.
- Oh oui ils sont magnifiques et extrêmement bien conservés.
- Je suis très attaché aux livres, c'est une passion que je tiens de mon grand-père.

Ils n'avaient pas encore osé poser leurs questions à cet homme. C'était peut-être le bon moment.

- Excusez-moi Monsieur, mais est-ce que vous en savez beaucoup sur les livres ?
- Un peu que j'en sais quelque chose ! Je baigne dedans depuis l'enfance et mon grand-père à l'époque était chercheur dans un institut. Il étudiait l'impact des livres sur l'environnement.
- C'est pour ça qu'ils ont été remplacés par des liseuses, ils étaient trop polluants ? interrogea Alma.

Ils étaient tous debout dans le salon, ils avaient tous les trois les yeux rivés sur l'homme. Juliana était plutôt ravie, elle sentait qu'ils s'approchaient du but. Ils avaient enfin trouvé quelqu'un pour les renseigner et une source sûre qui plus est.

- Asseyez-vous, proposa l'homme, si vous voulez vraiment tout savoir j'espère que vous avez un peu de temps.

Ils s'installèrent tous autour de la table. L'homme rangea les livres et posa le carton et la boîte par terre. Juliana le détaillait à la lueur des

119

lampes du salon. Il faisait relativement sombre, seules deux lampes étaient allumées. L'homme était âgé, il ne se tenait plus très droit et son visage était marqué. Il arborait une barbe et une moustache entièrement blanches.

- Alors, c'est ce qu'on aurait pu penser. Au regard de la présence de plus en plus forte des liseuses, elles n'ont jamais remplacé les livres. Et à vrai dire elles étaient plus polluantes. Attendez, je crois avoir des archives de certaines études de mon grand-père.

L'homme s'absenta cinq bonnes minutes. Juliana, Lucas et Alma n'avaient pas pipé. Ils étaient très sérieux et attendaient sagement les informations de leur interlocuteur. Juliana se fit la réflexion que personne ne s'était présenté, l'homme ignorait leur identité et vice-versa mais elle était certaine qu'aucun d'eux n'aurait voulu changer cela. L'homme revint avec une chemise verte remplie de papiers.

- J'ai trouvé ! annonça-t-il.

Il posa la chemise sur la table et commença à fouiller. Il prit plusieurs feuilles agrafées les unes aux autres et cita :

- L'impact d'une liseuse varie entre 150 et 230 kg de CO2. Ces chiffres varient selon les modèles. Un livre pour une seule utilisation a en moyenne un impact de 1,3 kg de CO2. Ce qui prouve que les liseuses ont un impact environnemental en moyenne 160 fois supérieur à un livre.

Ils restèrent tous bouche bée, même s'ils n'avaient ni connu de livre ni connu de liseuse, ils n'auraient certainement pas parié sur les livres comme étant moins polluants.

- Mais s'ils n'étaient pas si polluants que ça, pourquoi ont-ils disparu ?

Lucas avait pris la parole pour la première fois depuis qu'ils étaient entrés. Il laissait la main à Juliana et Alma sur un sujet qu'elles maitrisaient bien mieux que lui mais il commençait réellement à être intrigué.

- Bien qu'ils aient moins d'impact que les liseuses, ils en avaient tout de même. Production de la pâte à papier, impression, emballage, transport, chacune de ces étapes a un impact plus ou moins fort.
- Ils n'ont pas cherché à s'améliorer ?
- Si bien sûr, le papier recyclé a beaucoup été utilisé et ils ont réduit la production de livres pour encourager la seconde main. Des applications d'échanges de livres ont fait leur apparition.
- Un peu comme nos applis de vente de vêtements ? demanda Alma qui avait retrouvé toute sa vivacité face à toutes ces révélations.

- Exactement !
- Et ça marchait ?
- Ça a marché un temps... sinon il n'aurait pas disparu aujourd'hui, ironisa l'homme. Ils acquiescèrent tous d'un air entendu.
- Je pense, mais c'est un raisonnement tout à fait personnel, les prévint l'homme, que les technologies ont joué un rôle important dans la disparition des livres.
- À cause du MaxPro ?
- Oui mais pas que et même avant le MaxPro. Les audiostes par exemple. Je pense que les gens ont peu à peu perdu le goût de la lecture. Ils n'avaient plus le temps alors ils préféraient écouter que lire.
- Pensez-vous qu'il s'agit aussi d'une question de génération ?
- Oui c'est bien probable. Une question de génération, si on a grandi ou pas avec des livres mais aussi une question d'éducation. Si on lit des histoires à un enfant et qu'il en étudie à l'école, il sera plus enclin à apprécier cela qu'un autre qui n'a jamais vu un livre de toute sa vie. Et malheureusement les générations sont allées, si on peut dire ça comme ça, dans le sens du progrès et ont préféré développer des technologies d'histoires plus immersives qu'un simple livre. Le livre est en quelque sorte devenu « has been ».

Tous trois étaient pendus aux lèvres de l'homme, il s'expliquait et exposait ses arguments d'une manière très claire. Il n'y avait pas qu'une seule raison qui avait mené à leur perte. C'était une succession d'évènements, une succession de progrès.

22

Ils avaient quitté l'homme aux alentours de deux heures et demi du matin. Ils avaient énormément échangé avec lui. Bien qu'il ait paru grognon aux premiers abords, il s'était avéré être une personne très intelligente et intéressante avec un sens de la jugeote particulièrement développé. Ils avaient eu de la chance de tomber sur lui. Sans ça, Alma et Juliana auraient passé encore des semaines, des mois voire des années à s'évertuer à comprendre ce qu'il s'était passé.

Les livres, comme ils auraient pu le croire, n'étaient pas interdits. Ils avaient simplement disparu au fur et à mesure des années. Cela avait commencé dans les années 2050 après la crise climatique. Leur impression avait drastiquement été réduite pour protéger les arbres et seul du papier recyclé avait été autorisé pour l'impression. Les livres d'occasion ont alors connu un véritable essor, de nombreuses plateformes d'échanges et de ventes de livres avaient été créées. Cela avait duré plusieurs années avant que les livres audios, appelés de cette manière à l'époque, ne se réinventent et ne deviennent les audiostes qu'ils connaissaient aujourd'hui. Son, odorat, visualisation de pensées, tout était réuni pour une expérience immersive toutes dimensions. Beaucoup avaient donc lâché les livres au profit de ce nouveau format. Les lecteurs devenant de plus en plus rares, plus aucun livre n'était imprimé, désormais ils n'étaient que d'occasion. Au fur et à mesure, les gens avaient arrêté de les échanger, les avaient gardés, rangés dans des greniers et beaucoup en avaient jetés. Les anciennes générations avaient toujours une attache particulière pour ce format mais n'avaient pas réussi à convaincre les jeunes du plaisir que lire procurait. Tous décédés, le peu de lecteurs qui restaient n'avaient pas été remplacés et les livres avaient donc fini par disparaître. Enfin pas tout à fait puisque des familles entières aspiraient depuis des dizaines d'années à les garder en vie en construisant des bibliothèques. Ils les échangeaient et partageaient cela avec des personnes en qui ils avaient confiance. Finalement plus de peur qu'on leur abîme que de peur qu'on leur confisque.

L'histoire était fascinante, un objet qui existait depuis toujours avait fini par disparaître de la circulation. Il y avait plusieurs raisons à cela : sociologiques, scientifiques, environnementales mais au fond la seule raison pour laquelle ils avaient disparu était le manque d'amour. La mort de cette passion qui avait animé des millions de gens. Le fait qu'ils n'aient pas réussi à la transmettre ou du moins pas assez fortement pour que les livres puissent survivre.

Finalement cette histoire n'était qu'une tragédie shakespearienne qui insufflait à Alma un sentiment de tristesse. Les livres étaient des objets magnifiques et plus que du matériel, ils étaient de nouvelles sources d'informations, ils étaient une nouvelle expérience tout aussi immersive et extraordinaire qu'un audioste. C'était simplement différent, il fallait juste un peu plus d'imagination et d'ouverture d'esprit.

Alma n'avait jamais vu de livres avant la semaine précédente et pourtant elle savait que jamais au grand jamais la technologie ne pourrait les remplacer. Il y a des choses que la technologie, si l'on fait une globalité de toutes les inventions et innovations, ne pourrait jamais suppléer. Jamais le clavier virtuel du MaxPro ne procurera les mêmes sensations que de taper sur un clavier à touches, jamais voir une personne en hologramme ne pourra rivaliser avec le fait de la voir en vrai et jamais un audioste, un film ou même une série ne pourra remplacer un livre.

23

Une semaine était passée depuis les révélations de l'homme. Ils ne s'étaient pas recontactés, chacun avait eu ce qu'il voulait et cela leur convenait. La vie avait repris son cours. Juliana continuait de travailler pour les jardins et parcs d'intérieur. Lucas et Alma suivaient chacun leurs cours respectifs. La nature de leur relation avait évolué. Alma faisait plus d'efforts et Lucas la regardait à présent comme une vraie femme et plus comme sa bonne vieille copine. Aucun des deux n'avait revu Juliana pour le moment. Lucas avait expliqué à Alma comment il en était venu à faire des échanges pour Juliana et pourquoi il ne lui avait jamais rien dit. Elle l'avait bien évidemment pardonné. Et tout est bien qui finit bien, comme on pourrait le lire dans des contes pour enfants. Enfin, oola aurait pu être le cas si tout le monde avait été parfaitement honnête.

Bien qu'Alma soit fière et heureuse d'avoir eu le fin mot de l'histoire, elle éprouvait un sentiment de revanche. Elle aurait aimé donner aux livres une seconde chance. Un soir où elle rentrait des cours avec Margaux, elle décida de la tester.

- Tu as déjà entendu parler des livres ?
- Euh non enfin vaguement, pourquoi ?
- Moi j'en ai déjà vu et lu et franchement c'est super.
- Ah ouais ? Mais c'est vieux ce truc non ?
- Oui ça fait longtemps qu'ils ont disparu de la circulation c'est vrai.

Alma se gara en double-file en bas de l'immeuble de Margaux, elle lui avait proposé de l'emmener et de la remmener de l'université pour se faire pardonner de ne pas avoir donner de nouvelles pendant dix jours. Margaux allait ouvrir la portière quand Alma la retint par le bras.

- Attends j'ai quelque chose pour toi.

Elle ouvrit la boîte à gants et en sortit un livre, plus précisément un exemplaire de l'Odyssée d'Homère. Margaux avait une véritable passion pour la mythologie grecque alors c'était la meilleure façon de la convaincre que les livres étaient fabuleux.

- Oh mais c'est beau ! s'exclama Margaux.

Aimant la mythologie grecque, elle connaissait certaines de ses histoires mais elle n'en avait jamais lues.

- J'aimerai que tu lises ce livre et que tu me dises ce que tu en as pensé. Pas nécessairement de l'histoire mais plutôt de l'expérience que cela t'aura procurée d'accord ?
- Ça marche, acquiesça Margaux le sourire aux lèvres.

Alma reçut un message de Margaux vers 23h30. « Je n'ai pas fini l'histoire mais j'adore le livre !! Qu'est-ce que ça change des audiostes et autres, la sensation est complètement différente. Pitié dis-moi que tu en as d'autres. » Alma sourit, elle avait réussi. Et si Margaux aimait les livres, elle était certaine que d'autres personnes les aimeraient aussi. Elle ne savait pas jusqu'où cela pourrait aller. Est-ce qu'elle pourrait toucher toute la ville ou bien même tout le pays ? Ce dont elle était sûre c'est que si une personne était convaincue d'autres pourraient l'être aussi. Alors, elle eut une idée.

24.

Juliana avait eu du mal à se laisser convaincre. Elle trouvait l'idée bien trop risquée et n'était pas sûre d'être prête à sauter le pas mais elle avait fini par céder. C'était donc acté. Le samedi suivant se déroulerait l'ouverture exceptionnelle de la bibliothèque de Juliana. Alma était sûre de pouvoir faire revivre les livres. Elle, était plus perplexe mais lui faisait confiance. Elle lui avait fait un argumentaire si détaillé avec un optimisme, rarement vu, alors elle avait accepté à la condition que seules les personnes de la résidence soient autorisées à venir. Il fallait y aller pas à pas. Elles avaient fait un marché, si la moitié des résidents trouvaient un intérêt aux livres, elles élargiraient leur périmètre et ainsi de suite. Alma avait l'ambition de conquérir le pays, Juliana espérait déjà que plus d'une famille ne vienne.

Le jour J arrivait, elles avaient fait les choses bien. Quelques amuse-bouches et des boissons avaient été mis à disposition sur la grande table en bois. Juliana priait pour qu'aucun livre ne soit touché par ne serait qu'une seule goutte de champagne. Elle avait prévu de faire rentrer les invités par la porte extérieure, de leur servir un verre et de leur faire un discours sur l'histoire du livre, comment Juliana en possédait autant, leurs recherches pour comprendre pourquoi ils avaient disparu, leur merveilleuse rencontre avec l'homme à la barbe et enfin les inciter à tenter l'expérience.

Le cœur d'Alma battait la chamade, elle fondait tous ses espoirs dans cette ouverture exceptionnelle, cela lui tenait vraiment à cœur. Elle était assise à la table et fixait le carton d'invitation qu'elles avaient envoyé avec Juliana. Ils étaient faits sur du papier beige épais avec un liseré rouge sur tout le tour en Garamond police 9, clin d'œil aux livres de la Pléiade imprimé dans la même police. Au milieu du carton était écrit : « Alma Junier et Juliana Mer vous invite ce samedi à 19h pour l'ouverture exceptionnelle de la bibliothèque ». Alma espérait intriguer les résidents pour les faire venir.

En regardant de plus près le carton, quelque chose lui sauta aux yeux. Son nom et prénom était une anagramme de celui de Juliana. Elle sourit se disant que cela était une drôle de coïncidence puis, elle se décomposa. C'était loin d'être une coïncidence. Son rythme cardiaque s'accéléra, une bouffée de chaleur l'envahit, sa tête se mit à tourner. L'anagramme, pourquoi Juliana lui avait montré les livres à elle et pas à une autre personne, le tableau sur la photo, la mine fatiguée de Juliana et le bébé. Elle leva les yeux pour la regarder, elle était là, debout dans sa longue robe bleu ciel en satin à grosses fleurs roses, à l'autre bout de la table à parler à Lucas. Alma l'observa attentivement, elle n'avait jamais fait attention mais c'était vrai qu'elle se ressemblait : deux brunes, le visage fin. Sentant un regard sur elle, Juliana tourna la tête vers Alma et son visage se défit. Elle l'avait vu dans ses yeux, Alma avait tout compris.

25

2021

Le soleil se couchait derrière le jardin botanique de Tours. L'air était doux en ce début de soirée et le vent berçait doucement les feuilles des arbres qui bordaient le Boulevard Tonnellé. Une file de voitures s'était formée, l'heure qui indiquait la fin de journée pour de nombreuses personnes. De la fenêtre de la chambre d'hôpital de sa fille, Virginie observait les médecins, pompiers, malades, parents et amis de malades qui s'agitaient sur le parking en contre-bas. De temps à autre, une sirène se mettait en route signalant une fois de plus qu'un drame venait de se produire. Virginie n'aurait jamais pu imaginer le nombre d'ambulances qui allaient et venaient chaque jour. Un jour, elle avait voulu les compter mais elle avait vite perdu le fil. Elle apercevait également le boulevard et juste derrière, le jardin botanique.

Quelques années auparavant, elle y emmenait sa fille. Elle la revoyait dans sa petite robe rose à carreaux avec son chapeau assorti, courir dans les allées du jardin. Elle la revoyait jouer dans les jeux en bois et demander qu'on la pousse sur la balançoire. Elle entendait encore sa voix de petite fille qui criait « regarde maman, regarde » avant qu'elle ne descende du toboggan. Elle revoyait son regard mi-émerveillé, mi-effrayé devant l'ours polaire qui vivait autrefois dans un enclos au centre du jardin. Il plongeait dans sa piscine au bonheur des enfants qui le regardait en poussant des petits cris admiratifs. Elle revoyait toutes ces scènes de bonheur quand tout était si simple, quand tout n'avait pas encore basculé.

Une larme coula sur sa joue, elle l'essuya d'un revers de la main et se retourna vers sa fille. Elle s'approcha d'elle et s'assit sur le fauteuil beige qu'elle avait placé à son chevet pour lui saisir la main. Pas une seule journée, elle n'avait loupé une visite. Elle venait chaque jour durant près de deux heures. Elle avait désormais pris ces habitudes et s'était créé une routine qu'elle répétait sans cesse jour après jour. D'abord, elle prenait un café au distributeur de l'accueil, elle montait ensuite voir le médecin qui suivait sa fille. Elle frappait à son bureau et lui demandait des nouvelles sur son état de santé. Son discours ne changeait que rarement et les discussions devenaient de plus en plus courtes. Parfois même, lorsqu'il était occupé et qu'il la voyait entrer, il lui faisait un simple signe de tête signifiant que rien n'avait changé. Il était extrêmement patient et bienveillant avec elle, elle en avait conscience. Elle savait que la situation n'évoluait pas mais elle se sentait obliger d'aller demander, au cas où. Elle quittait ensuite le bureau pour se diriger vers la chambre de sa fille. Là, elle réinstallait son fauteuil près de la table de chevet où elle posait son café. Puis, elle prenait la main de sa fille et lui parlait de tout et de rien. Elle lui racontait sa journée, lui donnait des nouvelles de ses proches, elle évoquait même l'actualité. Tout cela en guettant le moindre signe de réaction, une légère pression de la main, un petit doigt qui se lève, un clignement de paupière. Puis elle pleurait, la suppliant de se réveiller. Elle regardait ensuite par la fenêtre, les fins de journée étaient son moment préféré car plus animé. Elle imaginait les drames qui avaient frappé toutes les personnes qui entraient et sortaient de l'hôpital. Enfin, elle retournait auprès de sa fille et y restait sans parler, jusqu'à ce qu'on la force à partir.

Cette routine durait depuis maintenant deux mois, deux mois qui étaient les plus longs et douloureux de la vie de Virginie, deux mois d'enfer, de pleurs, d'espoir et de désespoir. Deux mois depuis que sa vie et surtout celle de sa fille avait basculé. Il avait fallu une demi-seconde, rien qu'une demi-seconde.

C'était une chaude nuit d'été, un samedi soir en apparence banal, Virginie avait déposé Léa au rond-point de la fac des Tanneurs comme à son habitude. Elle n'avait pas spécialement envie de sortir ce soir-là mais c'était le dernier soir à Tours d'un de ses amis avant qu'il ne parte deux mois en vacances aux États-Unis. Elle se devait donc de lui dire au revoir. Après un énième avertissement lui demandant de faire attention et de ne pas trop boire, elle avait suivi sa fille du regard tandis qu'elle s'éloignait dans la rue. Elle allait rejoint ses amis place Plumereau et dormait chez l'un d'eux. Virginie n'avait aucune raison de s'inquiéter, elle l'avait déjà fait des dizaines et des dizaines de fois. Mais c'était une mère et elle s'inquiétait et s'inquiéterait toujours pour sa fille, qu'elle ait 5 ans, 40 ans ou bien 22 ans comme aujourd'hui. La soirée s'était déroulée sans encombre, une soirée ordinaire pour des jeunes ordinaires. Puis à 6h du matin, à la fermeture de la boîte où ils avaient passé leur fin de soirée, ils étaient rentrés. Rue du commerce, rue Nationale, rue des minimes, trois rues, 15 minutes de marche. Des rues qu'avait arpenté Léa un nombre incalculable de fois.

Tours était sa ville, elle y était née. Ici, tout le monde se connaissait plus ou moins de vue. Elle habitait désormais à Paris mais Tours resterait toujours dans son cœur. Combien de soirées avait-elle fait place Plumereau ? Combien de fois était-elle aller manger place Jean Jaurès ? Combien de fois, petite, son grand-père l'avait-elle promené sur ses épaules dans les rues de la ville ? Voir l'éléphant Fritz au jardin du musée des Beaux-Arts, donner du pain aux canards sur les bords de Loire, faire du carrousel. Et enfin, combien de fois avait-elle foulé les pavés de la rue Nationale, rue principale de la ville où se trouvait la plupart des magasins ? Elle l'avait même connue lorsque la rue était goudronnée et que les voitures étaient encore autorisées à y passer. Désormais la rue était piétonne, pavés de carreaux beiges et seul le tram passait en son centre. Tant de choses qu'elle avait faite maintes et maintes fois. Tours était sa ville.

Il n'y avait pas grand monde dans les rues, quelques jeunes qui, comme eux rentraient de soirée. Le petit groupe marchait tranquillement rue Nationale, ils s'étaient mis sur le côté droit au cas où un tram arrivait dans le milieu de la rue. Ici, ils ne craignaient rien. Ils s'amusaient et rigolaient, toujours avec un peu d'alcool dans le sang. Le tram arrivait derrière eux. Léa s'arrêta pour refaire son lacet. Ses amis continuèrent d'avancer. À l'angle de la rue, le feu signifiant l'arrivée du tram clignota. Les voitures provenant des rues perpendiculaires à la rue Nationale devaient donc s'arrêter. Léa traversa pour rejoindre ses amis pensant être en sécurité puisque les voitures venant de sa droite devaient s'immobiliser. Mais ce ne fût pas le cas. Une voiture déboula, grilla le feu, le tram pila, klaxonna et Léa s'envola.

D'après les rapports, la voiture roulait à plus de 60km/h dans une rue limitée à 30. Le conducteur qui avait été arrêté dès le lendemain de l'accident était ivre au moment des faits. Les examens avaient révélé qu'au moment de son interpellation il avait encore 1,5g dans le sang. Léa avait été percutée de plein fouet et était passée par-dessus le pare-brise. Ses amis en entendant le tram klaxonner s'étaient retournés juste à temps pour la voir s'écraser lourdement sur le sol. Une de ses amies avait hurlé, choquée par la scène qui venait de se produire sous ses yeux. Le cri avait résonné sur les parois des immeubles, certains dirent qu'il était si épouvantable qu'il hante encore la rue. Des voisins réveillés avaient pu constater la scène de leur fenêtre et étaient descendus. Les amis de Léa avaient couru la voir mais avaient été trop choqués pour faire quoi que ce soit. C'est le chauffeur de tram qui avait également vu la scène qui avait appelé les secours, priant au passage le peu de passagers qu'il transportait de ne pas regarder par la fenêtre. À cet instant tout le monde pensait qu'elle était morte, que rien ni personne ne pouvait la

136

sauver. Mais ce fut un miracle, à la surprise générale quand un pompier avait crié « Elle est vivante » avant de procéder à tous les soins nécessaires. Puis s'en était suivie l'arrivée du SAMU et de la police qui avaient pris en main la situation.

Et voilà comment ce drame s'était produit il y a deux mois. Aujourd'hui était un jour spécial, c'était l'anniversaire de Virginie, le premier qu'elle passait sans que sa fille ne soit à ses côtés. Et dans deux jours Léa aurait 23 ans, enfin les aurait-elle officiellement ? Elle avait plongé dans le coma suite aux différentes opérations qu'elles avaient subies et les médecins ne savaient pas quand elle allait en sortir ni même si elle en sortirait un jour. Vivrait-elle ses 23 ans ou bien mourait-elle pendant ? Virginie espérait un miracle pour son anniversaire bien que les médecins lui aient demandé de ne pas se faire trop d'espoir. L'espoir n'était pas bon, rien n'était pire qu'espérer quelque chose qui n'arriverait probablement jamais. Espérer quelque chose pour lequel nous n'avons aucun contrôle était meurtrier. Comme une petite dose de poison qu'on ingère chaque jour et qui finit par nous tuer à petit feu.

Des larmes coulaient sur les joues de Virginie qui serrait la main de sa fille. Elle priait et suppliait Dieu de lui venir en aide, que pouvait-elle faire d'autre ? Une larme tomba sur la main de Léa. Virginie crut percevoir un mouvement, très léger. Elle leva la tête. On l'avait déjà prévenu plusieurs fois que les personnes dans le coma pouvaient avoir des spasmes. Cela ne voulait pas nécessairement dire qu'elles allaient se réveiller.

Virginie avait déjà eu un faux espoir, deux semaines auparavant où elle avait cru sentir Léa bouger. Elle avait couru dans le couloir pour appeler les infirmières « Elle se réveille ! Elle se réveille », avait-elle crié. Des infirmières avaient accouru mais lorsque Virginie avait pénétré de nouveau dans la chambre elle avait dû se faire une raison, sa fille n'était pas réveillée. Elle avait toujours les yeux fermés, le cœur branché au moniteur et la main reliée à une perfusion. Les trois infirmières qui avaient accourues, avaient rapidement vérifié si tout allait bien et étaient reparties. Elles avaient lancé un regard désolé à Virginie, l'une d'elle lui avait touché l'épaule en lui disant que ce devait être un spasme.

Virginie regarda attentivement sa fille, tentant de ne plus bouger la main pour déceler ne serait-ce qu'un effleurement du bout des doigts. Elle ne pourrait jamais décrire l'émotion qui l'avait envahie quand elle avait vu sa fille battre des paupières. Ses yeux verts s'étaient doucement ouverts, elle avait grimacé à cause de la lumière qu'elle n'avait pas vu depuis exactement 59 jours. Mais Virginie ne pourrait pas non plus oublier la première phrase qu'elle avait prononcé. Elle ne la comprendrait certainement jamais, délire fantasque d'une personne dans le coma.

- Maman, et si les livres disparaissaient ?

Remerciements

Partie intégrante de n'importe quel roman, les remerciements. Maintenant que je l'ai fait, je suis intimement convaincue qu'on ne peut écrire un roman seul, aussi doué que l'on peut être. Il est plus qu'important d'avoir des personnes capables de corriger les fautes d'orthographes et de grammaires, qui lorsqu'on a la tête dedans ne nous sautent plus du tout aux yeux. Il est également toujours constructif d'avoir l'avis d'une tierce personne sur l'histoire, ses rebondissements et sa cohérence.

Je vais donc commencer par remercier Gwenaëlle Paupardin, collègue de Score DDB, conceptrice-rédactrice et fraîchement nommée directrice de création adjointe. Elle a joué le rôle d'une éditrice, a corrigé mes fautes, mes formulations et m'a conseillé plus globalement sur l'histoire. Alors un très grand merci à elle sans qui ce roman n'aurait pas été aussi bien écrit.

La seconde personne que j'aimerai remercier est Margot Pouquet également collègue de Score DDB. J'ai demandé à Margot son aide pour la couverture de mon roman. Elle m'a aiguillé et, bien plus que ça, elle l'a réalisé. Merci à elle car sans son aide la couverture aurait sûrement été faite par mes soins sur Canva et vous ne voulez pas voir ce que cela aurait pu donner.

Pour continuer dans la lancée Score DDB, un grand merci à mes collègues Athénaïs Le Levier, Sara Varinot, Megan Pollak et Margot Pécourt et sans oublier Gaultier Vicente qui m'ont soutenu et encouragé chaque fois que je désespérais de ne pouvoir finir ce roman. Merci à vous et bien sûr également à mes autres collègues avec qui j'ai partagé bons nombres de verres pour me détendre et oublier, ne serait-ce qu'une soirée, la pression de la deadline.

Merci à l'équipe pédagogique du MBA d'avoir accepté mon projet de roman. Et à mon coach de thèse, Cyril Ogée, de m'avoir suivi pendant ces longs mois de travail. Merci à lui d'avoir respecté le fait que j'aimais me débrouiller seule et que je ne voulais pas trop en dévoiler sur mon histoire.

Merci également à toutes les personnes avec lesquelles j'ai pu discuter, que ce soit dans le milieu de l'édition, des auteurs ou simplement des personnes intéressées par mon sujet. Elles m'ont aidé à enrichir mon propos et m'ont fait réfléchir à certains points auxquels je n'aurai jamais pensé seule.

Je vais finir par l'indispensable merci à ma famille de me soutenir. Particulièrement à ma mère d'être là quand j'en ai besoin et de m'avoir donné le courage d'enfin finir un roman.